Ignaz von Zingerle

Die deutschen Sprichwörter im Mittelalter

SALZWASSER
VERLAG

Ignaz von Zingerle

Die deutschen Sprichwörter im Mittelalter

Unveränderter Nachdruck der Originalausgabe von 1864.

1. Auflage 2022 | ISBN: 978-3-75259-737-0

Verlag: Salzwasser Verlag GmbH, Zeilweg 44, 60439 Frankfurt, Deutschland
Vertretungsberechtigt: E. Roepke, Zeilweg 44, 60439 Frankfurt, Deutschland
Druck: Books on Demand GmbH, In de Tarpen 42, 22848 Norderstedt, Deutschland

D[R.] FRANZ PFEIFFER

GEWIDMET.

DIE
DEUTSCHEN SPRICHWÖRTER
IM MITTELALTER.

GESAMMELT

VON

DR. IGNAZ V. ZINGERLE.

WIEN, 1864.

Wilhelm Grimm gieng schon nach einer Aeusserung in seiner trefflichen Einleitung zu Freidank [1]) mit dem Gedanken um, eine Sammlung von Sprichwörtern, die er in den Denkmälern des Mittelalters gefunden hatte, zusammenzustellen und zu veröffentlichen. Der 12. Abschnitt jener Einleitung: „Ueberlieferung“ und viele der Anmerkungen [2]) zu demselben Spruchgedichte, zeigen, wie reich schon im Jahre 1834 seine Lese gewesen ist und mit welch warmer Liebe und feinem Verständnisse er sich dem mittelalterlichen Sprichwörterschatze und dessen Erklärung hingegeben hatte. Allein andere Beschäftigungen kamen an die Reihe und hielten den unermüdlichen Gelehrten von der Ausführung seines Beginnens ab. Mochte er sein Augenmerk fort und fort dem Sprichworte zugewandt haben, mochte er die ihm bei der Lectüre zufliessenden Volksgnomen auch eifrigst verzeichnen — die Veröffentlichung des Werkes ward vergebens erwartet. Ehe diese Frucht gezeitigt war, hatte der Baum seine überreichen Aeste geneigt. Kurz zuvor liess uns noch die Abhandlung: die mythische Bedeutung des Wolfes [3])

[1]) p. LXXXVIII. —

[2]) Namentlich: 1, 10. 26, 24—27. 40, 13, 14—41. 2—7. 49, 17. 18.— 56, 13, 14. — 62, 24. 64, 4. 5. — 65, 8—11. — 66. 19. 20. — 69, 9—12. 74, 4. — 90, 19—22. — 100, 20. 21. — 104, 17. — 104, 26. — 105, 1. — 106, 20. — 112, 3. — 144, 2, 9. — 116, 1, 21. — 117, 211. — 18, 23. — 125, 23 126, 2, 21. — 127, 11. — 130, 26. — 164, 3. — 165, 19. —

[3]) Haupt's Zeitschrift XII, 203—231. —

ahnen, was uns das in Aussicht gestellte Werk bieten würde, und beseelte uns mit neuer Hoffnung auf den baldigen Abschluss desselben. Da des Meisters Werk uns nicht mehr erfreuen wird und unsers Wissens mit einer solchen für die Cultur- und Literaturgeschichte gleich erwünschten Sammlung kein Zweiter sobald hervorzutreten gedenkt, möge es entschuldigt sein, wenn ein Jüngerer dies Werk aufgreift und die Sprichwörter des deutschen Mittelalters, insoweit sie ihm bei seiner Lectüre begegnet sind, gesammelt veröffentlicht.

Die nächste Veranlassung dazu gab W. Körte's Buch: Die Sprichwörter und sprichwörtlichen Redensarten der Deutschen (Leipzig 1861). So viele Vorzüge dieses besitzt, so treffend und lehrreich viele Anmerkungen sind, vermisst man doch schwer eine Berücksichtigung des Alters der Sprichwörter oder die Nachweise des ersten Vorkommens derselben in Sprachdenkmälern [1]). Gerade das hohe Alter vieler Perlen der Weisheit auf der Gasse geben ihnen eigenthümlichen Reiz und Werth. Wenn das Alterthum Geräthschaften und Kunstwerken oft erst Bedeutung und Weihe aufprägt, so gilt dies auch von den Anschauungen und Sprüchen eines Volkes. Gedanken, Bilder, die uns seit sechs Jahrhunderten begegnen, die im Munde des Volkes immer und immer wiederkehren, werden uns mit grösserer Ehrfurcht erfüllen, als die junge Lebensregel, die erst seit einigen Jahren von Mund zu Munde geht. Wenn aber derartige Sprüche schon am Beginne des dreizehnten Jahrhunderts als alte, allgemein bekannte, selbst den Kindern geläufige bezeichnet werden, dann ist man berechtigt anzunehmen, dass sie in die ältesten Zeiten unsers Volkes zurückreichen, dass sie das Laienbrevier desselben von seiner Jugend bis in sein hohes Alter bilden, dass sie ein Theil seines unsterblichen Sinnens und Denkens selbst sind. Ja dann steht fest, dass in diesen Sprüchen wahre Lebensweisheit athmet, die ewig jung fortblüht und nie altert, wie die Wahrheit selbst. Dass die Sprichwörter, die heutzutage noch gang und gäbe sind,

---

[1]) Vergl. meine Besprechung in Pfeiffer's Germania VII, 255.

bei den deutschen Sängern des Mittelalters häufig vorkommen, dass sie selbst den Reflexionen derselben oft zu Grunde liegen, wird die nachfolgende Lese schlagend nachweisen. Ich begnüge mich diesmal, dieselben einfach in alphabetischer Ordnung vorzuführen. Es wird ja später an Gelegenheit nicht mangeln, über das Entstehen und die Herkunft derselben Untersuchungen zu veranstalten und zu veröffentlichen. Ist einmal der Grund gelegt, kann der Aufbau leicht weiter gefördert werden. Dass ich bei vorliegender Arbeit die Bausteine, die Wilhelm Grimm, Mone und Andere zusammengetragen haben, gewissenhaft benützte, wird mir kein Billigdenkender zum Vorwurfe machen. Jeder, der meine eigene Zuthat zu beurtheilen im Stande ist, wird mir zugestehen, dass ich es an Mühe und Umschau nicht mangeln liess, um die Sammlung möglichst vollständig zu machen. Sind nicht alle Lücken ausgefüllt, fehlen manche Belege, so sind dies Mängel, die jeder ähnlichen Erstlingsarbeit anhaften. Nachträge und Ergänzungen finden sich leicht, wenn einmal der Hauptstock geschaffen ist.

Bemerken muss ich, dass ich nicht nur die Sprichwörter in ihrer knappen, nacktesten Form gebe, sondern auch die Variationen derselben mittheile, wie sie uns bei den verschiedenen Dichtern begegnen. Es ist lehrreich zu sehen, wie diese, je nach ihrer Eigenart, entweder den allgemein bekannten Spruch des Volkes getreu wiedergeben oder ihn nur wenig und schüchtern umgestalten; andere nur den Kern desselben benützen und ihm eine neue Form geben, während manche das Sprichwort nur als Zettel ihrer Reflexionen verwerthen und dessen Gedanken in freiester Weise ausführen. Bei den älteren Dichtern finden wir die erste Benützungsweise. Als die Poesie des Mittealters ihre schönste Blüthe erreicht hatte, finden wir öfters letztere. Gerade hierin zeigt sich uns wiederum das wunderbare Talent des Gottfried von Strassburg in glänzender Weise, das den goldenen Inhalt der Sprichwörter in originelle, reizende Form kleidet, ihn frei und spielend zu verwerthen versteht. Später greift man zur einfachen volksthümlichen Form zurück und begnügt sich, die Reime umzustellen oder ein und das andere Wort zu ändern, oft in schülerhafter Weise. Dadurch, dass ich auch freiere Benützungen der Volkssprüche berücksichtigte, ist es ermöglicht zu sehen, welche Ansichten und Gedanken damals am meisten populär waren, ja das Dichten und Trachten aller Klassen beeinflussten und durchdrangen. Ich verweise beispielshalber nur auf den Spruch: „Nach Liebe Leid." Er begegnet uns in den verschiedensten Weisen und Akkorden, vom erschütternden Nibelungenliede an bis zu dem kleinsten Minneliede. Aus den mitgetheilten Belegen desselben, die auf Vollzähligkeit keinen Anspruch machen können, ergibt sich, dass er sich wie ein rother Faden durch das ganze Leben und die ganze Dichtung des Mittelalters durchzog.

So sehr ich aber bestrebt war, nur das eigentliche Sprichwort und dessen Bearbeitungen zu berücksichtigen, so kann ich nicht verhehlen, dass vielleicht in folgender Lese trotz aller Ausscheidung manche Sentenzen unterlaufen, die nicht Gemeingut des Volkes, sondern Eigenthum einzelner Dichter waren. Denn es ist zu schwer, eine untrügliche Scheidungslinie zwischen dem volksthümlich ausgedrückten Erfahrungssatze eines Dichters und dem Sprichworte im engsten Sinne zu ziehen. Wer kann ein endgiltiges Urtheil geben, ob den Vers: „Wer lange lebt, der wird alt" Boner dem Volksmunde entlehnt, oder das Volk ihn dem Edelsteine entnommen habe? —

Was den Umfang der von mir benützten Quellen anbelangt, so habe ich mein Hauptaugenmerk auf die Dichtungen des 12., 13. und 14. Jahrhunderts gerichtet. Aus dem 15. Jahrhunderte berücksichtigte ich nur die Fastnachtsspiele, Vintler's, Oswald's von Wolkenstein und Muscablut's Dichtungen und das Liederbuch der Clara Hätzlerin. Das 16. Jahrhundert ist ausnahmsweise durch einige Belege aus dem Ambraser Liederbuche und den Schriften des Joh. Nas vertreten[1]).

[1]) Viele Sprichwörter daraus sind zusammengestellt in der trefflichen Abhandlung: Johannes Nasus Franziskaner und Weihbischof von Brixen. Von P. Johann B. Schöpf. Botzen 1860 p. 70 u. 71.

Wir besitzen ja aus dieser Zeit die Sprichwörtersammlungen des Antonius Tunnicius (1514 und 1539), Agricola (1528), und Sebastian Frank (1541), aus denen der damalige Stand dieser volksthümlichen Lehrdichtung zur Genüge ersichtlich ist.

Ehe ich zur Verzeichnung der einzelnen Sprichwörter übergehe, will ich jene Ausdrücke zur Bezeichnung derselben mittheilen, welche für den langen Bestand, die weite Verbreitung und die Hochschätzung dieser Gattung der Poesie lautes Zeugniss geben. Alle Bezeichnungen für dasselbe vorzuführen, ist nach den fleissigen Zusammenstellungen derselben von Wilhelm Grimm [1]) und C. Schulze [2]) nutzlos und überflüssig. Das hohe Alter solcher Sprüche bewähren uns die Formeln:

Er irvolte daz altsprochen wort. Pfaffe Konrat 71, 14.
An im erfulte den mort
daz altsprochene wort. Stricker's Karl 2500.
Est ein alt gesprochen wort. Winterstetten [3]).
Daz ist ein alt gesprochen wort. Berthold I. 34, 37 [4]).
Ez ist ein altsprochen wort. Teichner 41[a] [5]).
Ez ist ein alt gesprochen wort. Cato p. 130 [6]).
Hie felschit sich daz alde wort. Georg 4582.
Der alte spruch der ist wâr. Iwein 6064.
Der alte spruch den sprichet man. Helleviur [7]).
Ezn sî sô vil, obe er der alten sprüche wære frô. Walther 26, 27.
Die alten sprüche sagent unz daz. Tugendhaft. Schreiber [8]).
Ein spruch was bî den alten. Frauenlobs Sprüche 271, 16 [9]).

---

[1]) Vrîdankes Bescheidenheit. I. Ausgabe Einleitung LXXXVIII.
[2]) Ausdrücke für Sprichwort in Haupt's Zeitschrift VIII. p. 376—84.
[3]) H. MS. I, 159[b] Benecke Beiträge 220.
[4]) Ed. Pfeiffer.
[5]) Denkschriften d. kais. Akad. d. Wiss. VI, 107.
[6]) Ed. Zarncke.
[7]) H. MS. III, 34[a].
[8]) H. MS. II, 135[a].
[9]) Ed. Ettmüller.

Man sol gedenken an ein wort, daz was wilent vlücke.
Ebendort 58, 11.
Als daz alte sprichwort sprichet. Klage 327, 15 [1]).
Ein alt sprichwort giht. Krone 18836.
Ist ein altez sprichwort,
als ir dicke hânt gehôrt. Martina 63, 89.
Wir haben gehôrt
nie altez sprichwort. Ottokar 378ª [2]).
Die werlt ein altez sprichwort hât. Teichner A. 144ᵇ [3]).
Ez was ein sprichwort manegen tac. Teichner H. 180ᵇ.
Ez was ein sprichwort manec jâr. „ A. 22ª.
Dit ist ein aldis sprichwort. Ritterspiegel 134 [4]).
Daß sprüchwort ist ein alter sitten. Fastnachtspiele 878, 14.
Frow ez ist vor mangen jâr
gesprochen ein wort und ist och wâr. Liedersaal. IV, 1.
Die alten frommen hânt uns geseit. Keller Erzähl. 604, 1.
So habent die alten gesaget war. Vintler 906.

Dass derartige Sprüche schon damals als Gemeingut galten und im Munde Aller waren, bestätigen uns Ausdrücke, wie folgende:

Man seit al für wâr. Veldeke [5]).
Man seit. Troj. Krieg 6402. Mai 150, 19.
Sô man seit. Freidank 164, 4.
Man giht. Meissner [6]) Tristan 413. 17900. 18605. Frauenehre 1813.
Man sprichet. Wälscher Gast 7974.
Daz man sprichet. v. Rotenburg [7]).
Wen sprichet. Boner 11, 56. 22, 1. 31, 40. 32, 27. 48, 40.
Ich hœre sagen. Wigalois 142, 6.
Ich hœre dicke daz man seit. Wälscher Gast 4510.

---

[1]) Ed. Vollmer.
[2]) Pez scriptores t. III.
[3]) Denkschriften VI, 107.
[4]) Bartsch mitteldeutsche Gedichte p. 102.
[5]) MSF. 62, 11. II. MS. I, 37ᵇ.
[6]) H. MS. II, 222ª.
[7]) H. MS. I, 83ª.

Wir haben gehôrt vil lange wol. Reinm. Zw. [1]).
Ich hân gehœret manigen tac. „ [2]).
Wan ich ie hôrte sagen. Krone 6809.
Ir habt gehôrt vor manegen zîten. Teichner A. 144ᵇ [3]).
Hoer ich dicke sagen. Freidank 114, 26.
Daz hân wir dicke wol gehort. Marienlegende [4]).
Als ir dicke hânt gehôrt. Martina 63, 89.
Daz ist ein wort gemeine. Hardegger [5]).
Nach dem spruch gemeine. Ottokar 683.

Selbst Kindern wird die Kenntniss solcher Sprüche zugeschrieben, wenn Freidank sagt: des jehent diu kint 136, 10. — Dass solche Sätze die Anschauung erfahrner Leute ausdrückten, dass sie als Aeusserungen der Weisen galten und als solche hochgehalten wurden, ergibt sich aus folgenden und ähnlichen Bezeichnungen:

Als uns die wîsen hânt gezalt. Lanzelet 3658.
Daz hôrte ich ie die wîsen sagen. Wigalois 87, 19.
Ich hœre wîse liute jehen
und si gemeine sprechen. Troj. Kr. 13058.
Die wîsen hœre ich ich alle jehen. Troj. Kr. 23486.
Die wîsen jehent. Gerhart 37.
Nu hœre ich die wîsen sagen ebd. 277.
Und hôrt ouch die wîsen sagen. Lichtenstein 3, 7.
Sus hôrt ich ie die wîsen sagen ebd. 381, 2.
Des hôrt ich die wîsen jehen ebd. 522, 9.
Die wîsen sprechent, ez sî wâr. Winsbeke 37, 3 [6]).
Daz hœret man die wîsen jehen. J. v. Warte [7]).
Als ich die wîsen hœre jehen. Singenberg [8]).
Des hœre ich die wîsen liute jehen. Eraclius 525.
Des hœr ich noch die wîsen jehen. Dietm. Setzer [9]).
Alsô ich die wîsen hœre jehen. Reinm. Zw. 221 [10]).

---

[1]) H. MS. II, 210ᵃ.
[2]) H. MS. II, 212ᵇ.
[3]) Denkschriften VI, 107.
[4]) Bartsch md. Gedichte p. 8.
[5]) H. MS II, 135ᵃ.
[6]) Haupt. — H. MS. I, 368ᵃ.
[7]) H. MS. I, 65ᵇ.
[8]) H. MS. I, 290ᵇ.
[9]) H. MS. II, 174ᵇ.
[10]) H. MS. II, 217ᵃ.

Sus sagent die wîsen alten. ebd. 123 [1]).
Dâ von der wîsen zunge giht. Frauenlob Spr. 116, 18.
Daz ist vil manegem wîsen kunt. ebd. 217, 7.
Sus hœrt man ie die wîsen jehen ebd. 229, 7.
Hœr ich die wîsen sagen ebd. 347, 6.
Wan als uns sagent die wîsen. Heidin 115 [2]).
Ouch hânt die wîsen uns geseit. Cato 334.
Als ich die wîsen hœre jehen. Otto v. Brandenburg [3]).
Doch hœre ich wîse sprechen. Hohenfels [4]).
Ouch hôrt man dik die wîsen sagen. Boner 80, 28.
Hœr ich die wîsen jehen. Montfort 5, 68 [5]).
Hœr ich die weysen sagen. Wolkenstein XVIII, 2, 10.
Ez ist den wîsen allen kunt. Wolfr. Willehalm 327, 3.
Daz ist vil manegem wîsen kunt. Frauenlob Spr. 217, 7.

Dass man die Sprichwörter für Lehren ansah, erhellt aus der Benennung derselben mit lêre. Z. B.
Doch volg ich der alten lêre. Walther 65, 12.
Ez ist ein altiu lêre. Türheim Wilh. Cassl. H S. 120 a.
Daz ist mîn lêre. Klage 877 [6]).

Die Ausdrücke, welche die Uebereinstimmung des Sprichwortes mit der Erfahrung anerkennen, hat schon C. Schulze (Haupt's Zeitschrift VIII, 383) verzeichnet.

* * *

ABENDROTH.

Wan siht ouch dicke, daz schœn abentrôt
kumt nâch manegem morgen, der trüebe ist unt timmer.
Buwenburg [7]).

Vergl. Der Morgen grau, der Abend roth. Simrock 7099. Und grauer Morgen, schöner Tag. Körte 5402.

---

[1]) H. MS. II., 199a.
[2]) H. Gesab. I, 392.
[3]) H. MS. I, 12a.
[4]) H. MS. I, 207b.
[5]) Weinhold p. 48.
[6]) Ed. Holtzmann.
[7]) H. MS. II, 262a.

ACKER.

Swer vremden acker âne urloup bûwet wol,
ze reht er sol
sîn arebeit verliesen. Frauenlob Spr. 77, 1.

Vergl. Fremde Äcker pflügen. Wander p. 25.

Frömder acker stuont ie baz
dan eigen sât; daz machet haz. Freidank 113, 4.

ADAM.

Swie die liute geschaffen sint,
wir sîn doch alle Adâmes kint. Freidank 135, 10.
Si sint mir alle sippe
von dem Adâmes rippe. Parz. 82, 1.
Wie wurden wir von Adâm iuwer mâge? Reinmar Zw. 160 [1]).

Vergl. Simrock Nr. 77, Körte Nr. 46, Wander p. 27. —

ADEL.

Swer rehte tuot derst wolgeborn:
ân tugent ist adel gar verlorn. Freidank 54, 6.
Swer rehte tuot, derst wol geborn. ebd. 64, 13.
Swer tugent hât, derst wol geborn. Winsbecke 28, 5 [2]).
Ist ein man ân sin wolgeborn,
sîn edeltuom ist gar verlorn. Wälscher Gast 863.
Swer guote witze hât, der ist vil wolgeborn. Spervogel [3]).
Man giht, daz nieman edel sî,
niwan der edelîchen tuot. Br. Wernher [4]).
Wer adellîchen tuot, den wil ich hân vür edel. Suezkint [5]).
Swer edel sî, daz sult ir hœren:
daz ist der edellîchen tuot,
dem niht unedelîcher muot
sîne edele mac zervüeren, noch zerstœren. Reinmar Zw. [6]).
Nieman ist edel, ern tuo dan edellîchen. ebd.
Wolt ir sîn edel, sô vlîzet iuch der edelen tât:

---

[1]) H. MS. II, 206ª.
[2]) H. MS. I, 367ª
[3]) MSF. 24, 33.
[4]) H. MS. II, 232ª.
[5]) H. MS. II, 258ª.
[6]) H. MS. II, 191ᵇ.

tât adel hât,
adel niur nâch tât sich schrîbet. Frauenlob Spr. 65, 7.
— Swer edel sî, der tuo nâch adels kunne.
êst niemen edel wan der adellîchen tuot. Ebd. 88, 6.
Der edelen art ist edeliu tât. Ebd. 374, 11.
Hie bî möht ir merken wol,
daz niemen edel heizen sol
niwan der der rehte tuot. Wälsch. Gast 3901.
Merke ein hôchgeborne jugent,
daz rîlîches herzen tugent
edelt baz, danne alle vriunde ûf erden.
swer von mâgen edel sî,
dem won edeler tugende bî,
sô mac ûzerwelt sîn adel werden. Conrad v. Wirzburc [1].
Swer edel ist von mâgen, unt niht von muote,
der brichet sîner edelen vorderen huote. Reinmar Zw. [2].
Niemant ist edel, denne den der muot
edel macht und niht daz guot. Renner 1454.
Niemen ist edel niwan der man,
der sîn herze und sîn gemüete
hât gekêrt an rehte güete. Wälsch. Gast 3860.
Was hilfft ain clain adel
on tugent in herzes grundt? Hätzlerin 202ᵃ.
Vergl. damit: Adel sitzt im Gemüthe nicht im Geblüte.
Simrock Nr. 83. Körte Nr. 50. Wander p. 28.
Die Tugend adelt mehr als das Geblüt. Simrock Nr. 84.
Adel allein bei Tugend staht,
aus Tugend aller Adel gaht. Körte Nr. 53. Wander p. 28.

AFFE.

Swer al die liute affen wil,
der wirt vil lîhte der affen spil. Freidank 83, 5.
Wer alle menschen effen wil,
der wirt vil lîcht der affen spil. Boner 36, 41.
Tœre mich, sô effe ich dich;
da gewinst du niut, noch minner ich. Boner 37, 54.
Vergl. Wander p. 38.

---

[1]) H. MS. II, 321ᵇ. [2]) H. MS. II, 191ᵇ.

dô sint die wîten schuoh und langen
ûz der mâze ungeschaffen,
und spricht man, er sült affen
vâhen, der si an treit. Liedersaal CCXXVII, 114.

Vergl. Affen fängt man mit grossen Bundschuhen. Simrock N. 118. Wander p. 34. —

AFTERREUE.

Afterriuwe ist ferzens geselle. Diutisca I, 324.

ALLES.

Swer elliu dinc besorgen wil,
daz ist alles leides zil. Freidank 58, 13.
Swer elliu dinc wil besorgen,
der dunket mich der sinne ein gouch. Marner [1]).

Vergl.: Wer Alles will verfechten,
Der hat gar viel zu rechten. Simrock Nr. 145. Wander p. 47.

Swem alliu dinc ze grôz dem alliu dinc ze klein. Frauenlob Spr. 47, 7.

Nieman in allen
Mag eben wol gevallen. Hohenfels [2]).
Swer den liuten allen
wil gar wol gevallen,
armen unde rîchen
muoz er sich gelîchen,
den übeln und den guoten,
den tôren und den fruoten:
wil er ir aller hulde han,
er muoz vil selten eine stân. Freidank 133, 5.
Ez wizze got der rîche,
daz bî disen jâren
der werlte willen gevâren
nieman alleclîche kan. Heinzelin Minnelehre 26.

---

[1]) H. MS. II, 246a.   [2]) H. MS. I, 207a.

Al der welte nieman kan
sô gebâren, daz sî alle dunke guot. Singenberg [1]).

Vergl.: Wer thun will was Allen gefallt, muss Athem haben warm und kalt. Simrock Nr. 138 und Körte 90—92.

ALT.

Man mac in dar zuo bringen,
daz er singe den selben klanc,
den ouch sîn alter vater sanc. Wolf in der Schule [2]).

Vergl.: Wie die alten sungen
So zwitschern auch die Jungen. Simrock 210. Körte 147.

ALTER.

Wir wünschen alters alle tage,
swanne ez kumt, sô ists ein klage. Freidank 51, 13.
wir wunschen alters alle tag,
und wann es kumbt, sô ist ein klag,
das ainer nymmer mag. Wolkenstein XXII, 5, 19.
Ez ist ein ding, des menlîch gert,
sô manz gewint, sô istz unwert. Boner 19, 1.
O wê, ir alten liute! sô sæhet ir gar gerne
alle sament daz ir junc wæret, unde wurdet
doch gerne alt. Berthold I. 221, 6 [3]).

Vergl.: Alter ist ein gewünschter Gast; wenn er kommt, verwünscht man ihn fast. Wander p. 59, und Simrock Nr. 183. —

Alter bringet erbeit,
minne sendez herzeleit. Renner 11878.

Vergl. Alter hat Beschwerden zu Gefährten. Wander p. 59.

Swer in dem alter welle wesen
wirt, der sol sich in der jugent niht sûmen. Spervogel [4]).

Vergl.: Wer im Alter ernten will, muss in der Jugend säen, und: Wer im Alter nicht will darben, muss in der Jugend fleissig scharben. Wander p. 62.

---

[1]) Wackernagel 243, 19.
[2]) Reinhart p. 339.
[3]) Ed. Pfeiffer.
[4]) MSF. 27, 11.

Dô rieten d'alten und tâten die jungen. Walther 68, 4[1]).
Vergl.: Die Alten zum Rath, die Jungen zur That. Simrock 212. Körte 150.

AMT.

Je hôher amt, ie hôher buoz. Montfort[2]).

ANFANG.

Daz anegenge ist selten guot, daz bœsez ende hât Walther 59, 2[3]).

Daz anegenge und daz ende
habent dicke missewende. Cato 165.

ANGERANT.

Wol angerant halp vohten ist. Trojan Kr. 29766.
Vergl.: Frisch angelaufen ist halb gefochten. Körte 1983. Frisch angelaufen ist halb gesiegt. Simrock 2803 und 2802. Körte 1984.

ARBEIT.

Nieman hât ân arebeit
wîstuom êre grôz rîcheit. Freidank 92, 7.
Wer kunst und wîsheit haben sol,
sicher, der muoz erbeit hân. Boner 4, 38.

ARG.

Wan arger muot gît argez bluot. Frauenlob Spr. 101, 18.
Si jehent, daz diu erge nie enwünne milten muot. Sunnenburg[4]).

ARM.

Die armen dunken sinne blôz,
dâ bî der rîchen witze grôz.
die rîchen alle wîse sint,
die armen sint an sinnen blint. Freidank 42, 15.
Armuot verderbet witze vil. Spervogel[5]).

---

1) Ed. Wackernagel.
2) Weinhold p. 38.
3) Ed. Wackernagel.
4) H. MS. III, 74b.
5) Pfeiffers Beiträge p. 83.

In armen mannes munde ertrinket witze vil. Marner [1]).
Swer nu selber niht enhât,
der gêt an der tôren rât. Renner 5663.

Vergl.: In armer Leute Munde verdirbt viel Weisheit. Simrock Nr. 516. Es verdirbt viel Weisheit in eines armen Mannes Tasche. Simrock Nr. 517.
Armer Leute Witz gilt nicht. Simrock Nr. 518 und: Ein Reicher muss klug sein, wenn er schon ein Narr ist. Simrock Nr. 8372.

Frœlich armuot
ist grôz rîcheit âne guot. Freidank 43, 20.
Daz rîchste leben, daz man hât
ist, der in armuot vrœlîch stât. Boner 15, 57.
Swelh man hât einen rîchen muot,
der ist niht arm mit kleinem guot. Wälscher Gast 2717.

Vergl.: Fröhliche Armut ist Reichthum ohne Gut. Simrock Nr. 531. Körte Nr. 354.

Der ist vil arm mit grôzem guot,
swem mêre geret sîn muot. Wälscher Gast 2713.
Dem armen ist niht mê gegeben,
wan guot gedinge und übel leben. Spervogel [2]). Freidank 43, 12.
Den armen ist nichts anders geben,
wan guot geding und übel zeit. Wolkenstein XXII, 4, 3.
Daz hôrte ich ie die wîsen sagen,
daz die rîchen hôhe tragen,
die armen trûren unde klagen. Wigalois 87, 19.
Diu armuot mit jâmer lît:
diu rîcheit allez fröude gît. Wigalois 147, 30.
Swem daz armût wanet bî
der wirt seldin sorgin vrî.
di lûte sprechen noch ein wort,
daz hân wir dicke wol gehort:
„wê dir armûte!
du hâst vil lutzel gûte
und noch minner êren. Marienlegende 247 [3])

---

[1]) H. MS. II, 244[b].
[2]) Pfeiffers Beitr. p. 82.
[3]) Bartsch, mitteldeutsche Ged. p. 8.

Armuot hœnet den degen. Spervogel [1]).
Si pauper fueris, a cunctis despicieris,
sed dare si poteris multum, tunc carus haberis. Mone Anz. VIII, 505.

Grôz rîchtuom und grôz armuot
verkêrent maneger liute muot. Renner 7898.

ARZT.

Dem siechen kumt daz selten wol,
ob in der arzât erben sol. Freidank 59, 16.

Vergl.: Tröste Gott den Kranken, der den Arzt zum Erben setzt. Simrock Nr. 595, Körte Nr. 392.

Ein siecher arzât nerte sich ê danne mich, ob er iht guotes kunde. Spervogel [2]).

Ein siecher arzât nerte sich
michels gerner danne mich. Freidank 59, 10.

Non est in medico semper, relevetur ut aeger. Mone Anz. VII, 505.

AUGE.

Weindiu ougen hânt süezen munt. Parzival 272, 12.

Nû ist genuogen liuten kunt,
daz diu nazzen ougen habent süezen munt. Lohengrin Str. 384, 1.

Vergl.: Körte Nr. 423.

Ûz den ougen ist ûz dem muot. Heinzelin Ritter 288.

Ach, lieb, ez lît ein gemeinez wort,
verborgen ûf mîns herzen port,
daz sprichet alsô, frowe mîn:
sicht ûz ougen, der ist ûz muot. Liedersaal XII, 18.

Vergl.: Aus den Augen, aus dem Sinn. Körte Nr. 410, Simrock 649.

Der selbe site muoz iemer sîn,
daz von liebe und ouch von leide
diu ougen truobent beide. Lanzelet 7754.

---

[1]) MSF. 31, 2. [2]) Pfeiffer p. 86.

Swaz den ougen sanfte tuot,
daz dünket ouch daz herze guot. Engelhart 1045.

Vergl.: Was die Augen sehen, glaubt das Herz. Körte Nr. 424 und: die Augen sind der Liebe Thür. Simr. 6461. —

BAD.

Swer wol gebadet und wol gebet,
daz gerou in selten, swer daz tet. Freidank 108, 25.

BÄR.

Sô mac man einen wilden bern
noch sanfter harfen lêren. Spervogel [1]).
Man lêrte ein beren ê den salter. W. Titurel 87, 4.
Ich wil iu sagen daz der per
wirt nimmer ein guot singer. Wälscher Gast 357.
Der zamte lîhter wilde bern. Winsbekin 31, 10.
Swer sich kratzet mit dem bern,
dem muoz sîn hant vil dicke swern. Freidank 139, 7.
Des beren zorniger muot
im selben dicke schaden tuot. Freidank 139, 9.

Zur Redensart: Er brummt wie ein Bär. Körte Nr. 490. Vergl.: harte zornig er dô saz an der schuol brummende als ein ber. Aristoteles 199 [2]).

Limmende als ein ber er gât. Neidhart 36, 15[3]).
Unt limment sam die beren. Neidhart [4]).
Er vuor limmende als ein ber. Heidin 609 [5]).

BAUCH.

Ûf vollem bûch stât gerne frœlîch houpt. Diutisca I, 324.
Vil dicke frô houbet stât
an satem bûche, swer den hât. Freidank 125, 11.
Swer sat ist, der ist gerne vrô. Hundes Not 133 [6]).
Sô mag ist vol, sô sing ich wol. Boner 63, 40.

Vergl: Auf vollem Bauch steht ein fröhlich Haupt und: Ist der Bauch satt, so ist das Herz froh. Simr.

---

[1]) MSF. 25, 3.
[2]) H. Gesab. I, 26.
[3]) Benecke Beitr. 400.
[4]) H. MS. III, 196a.
[5]) H. Gesab. I, 405.
[6]) Reinhart Fuchs p. 295.

Nr. 767 und 768 und „Voller Bauch, fröhlich Haupt.“ Körte 507.

BAUER.

Enhein man sô nâhe schirt
so der gebûr der hêrre wirt. Freidank 122, 11.

Vergl.: Es ist kein Messer, das schärfer schiert, als wenn der Bauer ein Edelmann wird. Simr. Nr. 804.

Swenne einer von nihte wirt erhaben
und mit den herren beginnet draben,
der wirt über alle sîn nâchgebûr
vil erger denne ein hagelschûr. Renner 1804.

Deterius nihil est humili, cum surgit in altum. Mone Anz. 7, 507.

Vergl.: Wenn der Bauer auf's Pferd kommt, reitet er schärfer als der Edelmann. Simr. 806. Körte 542.

Wenn man die buren anfacht bitten,
so grosset in der kopf und grind. Fastnachtsp. 878.

Vergl.: Wann man den bawren bit, so grolt im der bauch. Nas. [1]) und Simrock 811 und 812. Körte 549.

Der gebûr dâ niht glückes hât,
dâ der wagen für diu rinder gât. Freidank 127, 10.

Vergl.: Wirt danne der wagen für diu rinder gênde,
treit danne der sac den esel zuo der müln,
wirt danne ein eltiu gurre zeinem vüln,
sô siht manz in der werlte twerhes stênde.
MSF. p. 308[2]).

Ein frî gebûr ist herren genôz. Renner 1442.

Vergl.: Besser ein reicher Bauer, denn ein armer Edelmann. Körte 535.

BAUM.

Arbor per primum nequaquam corruit ictum. Mone Anz. 7, 505.

Vgl.: Simrock 861 und 1892.

Ein guoter boum gît guote fruht. Alexius E. 57.

Ich hân gehôrt sagen ie,

---

[1]) V. J. B. Schöpf p. 71.

[2]) H. MS. I, 107[b].

der guote boum bring schœne bluot
unt frühte bære süeze unt guot. Alexius F. 46.
Vergl.: Wie der Baum so die Frucht. Simr. 836 und 837., Körte 568 und 581.

BECHER.

Man sol vollen becher tragen
ebene, hœre ich dicke sagen. Freidank 114, 25.

BEGEHREN.

Er ist niht wîse, wer des gert,
des er doch niemer wirt gewert. Boner 92, 75.

BEGINNEN.

Ein guot beginne gît ein rîchez hoffen. Frauenlob Spr. 398, 1.
Wan swer beginnet dinges vil,
der endet niht swaz er wil. Wälscher Gast 1959.
Vergl.: Wer viel anfängt, endet wenig. Simr. 324.

BEITEN.

Swer dicke heizet beiten,
der wil abe leiten. Freidank 112, 3.

BERG.

Sô hôher berg, sô tiefer tal. Boner 39, 37. 83, 53.
Die rede weiz ich selber wol:
sô hôher berg, sô tiefer tal. Morolf II, 311.
Ie höcher perg, ie tieffer tal,
hör ich die weisen sprechen. Hätzlerin 202ᵃ.
Vergl. Körte 628.

BESCHEIDENHEIT (KLUGHEIT).

Ein ieglîch wîse man seit
daz vür sterke gê bescheidenheit. Wälsch. Gast 8513.
Vergl.: Weisheit ist besser denn Harnisch. Körte 8268.

BESEN.

Der niuwe beseme kert vil wol
ê daz er stoubes werde vol. Freidank 50, 12.

Bei Körte 640. — Vergl.: „Neue Besen kehren gut“ oder „Neue Besen kehren gut, aber die alten fegen die Hütten rein.“ Simrock 940 und 941.

BESTE.

Ez mac im harte wol gevromen,
swer daz beste gerne tuot. Lanzelet 746.

Vergl.: Simr. 976.

Mir kumt nieman sô tumber zuo,
ern wæne, daz erz beste tuo. Spervogel [1]).
Sô tœrscher kumt mir niemen zuo,
ern wæne, daz erz beste tuo. Freidank 82, 24.
der wân ist manegen liuten bî,
daz ir leben daz beste sî. Freidank 115, 4.
Ez dunket manegen tumben man
diu kunst diu beste, die er kan. Freidank 115, 6.
Der wân wont allen tôren bî,
daz ir leben daz beste sî. Renner 5999.
Wer wænt, daz er der beste sî,
dem wont ein gouch vil nâhe bî. Boner 39, 47. 82, 45.
Ez sol sich nieman dunken lân, wie daz er sî der peste,
er schouw ouch ander lüte an,
sî wol getân
und wer sich anders dunken lât, des sinne stênd nit veste.
Müglin F. II, 15 [2]).

BITTEN.

Man seit, er sî sîn selbes bote,
unde erlœse sich dâ mite,
swer über des andern schulde bite. Ar. Heinrich 26.
Wir haben daz von sîme gebote,
swer umbe den sündære bite,

---

[1]) Pfeiffer p. 81.

[2]) Pfeiffers Germania V, 288.

dâ lœs er sich selben mite. Gregor 3400.
Merket, swer vür den andern bite,
sich selben lœset er dâ mite. Freidank 39, 18.
Wanne geschriben stât,
swer vür des andern schulde bite,
sîn selbes sêl lœs er dâ mite. Renner 24.
Vergl.: Wer für den Andern bittet, erlöst sich selbst. Simrock 1115.

BLASEN.

Blasen und mel an dem munt hân,
daz mac niht wol bî enander stân. Diutisca I, 324.
Vergl.: Simrock 1121 und 1122.

BLIND.

Den blinden ist mit troumen wol,
wachend ist er leides vol. Freidank 55, 1 u. Renner 7900.
Swer blinden winket, derst ein kint,
mit stummen rûnet, deist verlorn. Spervogel [1]).
Swer blinden winket, derst ein gouch,
mit stummen rûnet, derst ez ouch. Freidank 54, 22.
Swâ blinde gât dem andern vor,
die vallent lîhte beide inz hor.
wil sich ein blinde am andern haben,
die vallent beide in einen graben. Freidank 55, 9.
Wenn der blinde vüeren wil
den sehenden, dâ wirt spottes vil. Boner 68, 35.
Ûf der strâze wirt er verirt,
den der blinde vüeren sol. Boner 98, 48.
Swer blinden volget, der ist wol erblendet. Reinm. Zw. [2]).
Vergl.: „Ein Blinder weist dem andern den Weg“ und „Wenn ein Blinder den andern führt, fallen sie beide in den Graben.“ Simr. 1142 und 1143 Körte. 823.
Wer sich auff einen dornstrauch setzt,
und auff ein junges megdlein verlest,
ein blinder thut jn führen. Ambraser Liederbuch 79, 26.

---

[1]) Pfeiffer p. 76. [2]) H. MS. II, 215a.

Ein lieht in fremedes mannes hant
daz fröit den blinden selten. Spervogel [1]).
Ez ist sô maneger blint mit liehten ougen. Br. Wernher. [2]).
Gesehent ist vil liuten blint. Boner 52, 97.
Mit gesehnden ougen was er blint. Eraclius 5297.
Ich was mit sehenden ougen blint. Walther 195, 12 [3]).
Die kriegten rehte als man dâ giht:
„hie schirment zwêne blinden." Heinzelin Johannes 17, 5.

BLUME.

Vil manic schœne bluome stât,
diu doch vil bitter wurzel hât. Freidank 120, 25.

BOGEN.

Dchein boge sô guot ist,
man müge in spannen daz er brist. Freidank 108, 1. —

Vergl.: Spann den Bogen nicht zu strenge,
Soll er halten in die Länge. Simr. 1192.

Man soll den Bogen nicht überspannen, noch den Esel übergürten. Simr. 1193. Körte 850.

Wer den Bogen überspannt, der sprengt ihn. Simr. 1194 und Körte 851 und 852.

BÖSE.

Swelh man ist selbe bœse
der vürhtet hinderkœse. Cato 161.
Ich hœre dicke daz man seit,
daz dem bœse geschiht baz
danne dem vrumen. Wälscher Gast 4510.

Vergl.: „Je böser Schalk, je besser Glück." Nas [4]). Körte 763 und êr unde guot hât nû vil lützel ieman, wan der übel tuot. Walther [5]).

Bœs rede enhât niht antwurt. Helbling IV, 480 [6]).

[1]) MS. F. 21, 11.
[2]) H. MS. II, 231b.
[3]) Ed. Wackernagel.
[4]) Von Joh. Schöpf p. 70.
[5]) Wackernagel.
[6]) Haupt's Zeitschr. IV.

Wan man geloubet zaller zît
daz bœse schierre dan daz guot. Wälscher Gast 11257.
Wenn ein rehter bôswiht gewaltic wirt,
daz leider vil geschiht,
sô darf ein ieklîch biderber man
sîn selbes grôze sorge hân. Diutisca I, 324.
Si jehent, daz bœser kom ie nâch. Truchsess v. St. Gallen [1]).
Nu hiure bœser denne vert. Urenheimer [2]).

Vergl.: Das Schlimmste kommt erst nach. Simr. 9087.
Dagegen: ez mac wol bezzer werden, denne ez vor gewesen ist. Trojan. Kr. 6432.

BOTE.

Der alte spruch der ist wâr:
swer guoten boten sendet,
sînen vrumen er endet. Iwein 6064.
Als der rouch den ougen schât
und als der ezzich den zenden,
alsô kan er sich schenden
der bœsen boten sendet,
wan er sînen vrumen wendet. Mai 130, 7.
Qui mittit stultum differt sua commoda multum. Liber sentent. 41 [3]).

BREMSE.

Der bremen hôchgezît zergât,
sô der ougest ende hât. Freidank 146, 7. Carm. bur. CCIV, 8.

BRENNEN.

Swâ brinnet mîns gebûres want,
dâ fürhte ich mîner sâ zehant. Freidank 122, 5.
Swâ brinnet mînes gebûren want,
dâ vürhte ich schaden sâ zehant. Gliers [4]).

---

[1]) H. MS. III, 326b. Wackernagel 213, 10.
[2]) H. MS. III, 39a.
[3]) Haupt's Zeitschr. VI, 305.
[4]) H. MS. I, 108b.

BROT.

Die alten sprüche sagent uns daz: swes brôt man ezzen wil, des liet sol man ouch singen gerne, unt spiln mit vlîze, swes er spil. Tugenth. Schreiber [1]).

Vergl.: Wes Brot ich esse, des Lied ich singe. Simr. 1330. Körte 927.

Erst tump, der sîner kinder brôt
den hunden gît in hungers nôt. Freidank 125, 13.

BRUNNEN.

Ein gar lûtern brunnen
trüebet ein vil kleiner mist. Krone 2052.

Wil ich triwe vinden
aldâ si kan verswinden,
als viur in dem brunnen
unt daz tou von der sunnen? Parz. 2, 1.

Wer möhte dâ liep vinden,
da'z schiere mac verswinden
als daz fiur in dem brunnen
unt daz tou von der sunnen? Stricker [2]).

Der brunn hat einen falschen grund,
darein man das wasser muß tragen. Ambr. Liederbuch 120, 15.

Vergl.: Böser Brunnen, in den man das Wasser tragen muß. Simrock 1362. Körte 948.

BÜRDE.

Glîche burde brichet nyman den ruck,
dar zu inschlage dann ungeluck. Morolf II, 365.

Zwar mir sagt ainst ain weyse mugg,
geleiche pürd prech nymd den rugg. Wolkenstein V, 5, 1.

Vergl.: Gleiche Bürde bricht keinem den Rücken. Simrock 1404. Körte 985.

DACH.

Ein rinnend dach und ein zornig wîp
die kurzen dem guoten man sîn lîp. Morolf II, 377.

---

[1]) H. MS. II. 153a.

[2]) Altdeutsche Wälder III, 183.

DEMUTH.

Rîche dêmuot minnet got. Spervogel [1]). Freidank 29, 7.
Dêmuot den gewalt bluomet. Martina 291, 39.
Sô der man ie hôher ist
sô vil mê im alle frist
rehtiu dêmuot wol an stât. Martina 291, 35.
Überigiu diemuot
diu ist ze nihte guot. Cato p. 131.
Vergl.: Zu viel Demuth ist Hochmuth. Simrock 1531. Körte 1047.

DIEB.

Die diebe sol man hâhen,
die miuse in vallen vâhen. Freidank 47, 18.
Vergl.: Ein Dieb ist nirgends besser denn am Galgen. Körte 1068.
Wer von dem galgen lœset den diep,
dem wirt er selten iemer liep. Diutisca I, 323.
Wer ab dem galgen lœst den diep,
dar nâch hât er in niemer liep. Boner 71, 62.
Durh wîp und spiles liebe
wirt manic man ze diebe. Freidank 48, 4.
Irriu wîp und spiles liebe
machent manegen man ze diebe. Cato 558.
Schülte ein diep den andern diep,
daz wære ir nâchgebûren liep. Freidank 47, 12.
Vergl. Simrock 1582.
Hienge man die diebe alle noch hiure,
die galgen wurden tiure. Morolf II, 569.
Vergl. Simrock 1589.

DIENEN.

Sun, diene manne bœstem, daz dir manne beste lône.
Walther 26, 29.
Ir habt gehôret manec zît:
swer einem vrumben dienen kan
daz der niht verliuset dran. Teichner 145 a [2]).

---

[1]) Pfeiffer p. 84. [2]) Denkschriften VI, 107.

Swâ man dienst für dienest hât,
dâ sol man dienen, deist mîn rât;
swa aber dienest ist verlorn,
dâ wære dienst paz verborn. Renner 1970.
Swer dient ân danc dâ er niht sol,
dem wirt gelônet selten wol. Haslau 127 [1]).
Vergl.: Ungebetener Dienst hat keinen Dank. Körte 1094. Simr. 1617.
Swer bœsen liuten dienet iht,
des wirt im zwâre niemer niht
gedanket kleine als umbe ein hâr:
er muoz im selbe tuon für wâr. Freidank 88, 25.
Wen spricht, ez sî nicht halbs verlorn,
wan allz, daz man ze dienste tuot den argen. Boner 11, 56.
Wen spricht (ich weiz ouch selber wol),
daz der dienst wirt niemen guot,
den man dem argen menschen tuot. Boner 31, 40.
Si servo servis, si vis servire protervis,
hoc amisisti, servitio meruisti. Mone Anz. 7, 507.
Er sprach: dicke worden ist ze hœn
getwungen dienst, geribeniu schœn. Helbling I, 149.
Getwungen dienst, geribeniu schœn
dicke worden ist ze hœn. Helbling VI, 47.
Vergl.: Gezwungner Dienst hat keine Kraft. Simr. 1616.

DISTEL.

Ein ieglich man vermîden muoz
den distel, gêt er barfuoz. Freidank 119, 14.
Vergl.: Unter den Dornen gehe nicht barfuß. Körte 1161. Simr. 1677.

DONNER.

Nâch grôzem donre dick beschicht,
daz man gar kleinez wetter sicht. Boner 29, 22.
Vergl.: Es schlägt nicht immer ein, wenn es donnert. Simr. 1658. Körte 1155.

---

[1]) Haupt Zt. VIII, 554.

DORN.

Manc dorn schœne bluomen birt,
des stechen doch vil sêre swirt. Freidank 120, 23.
der dorn vil schœner rôsen birt,
des stechen doch vil sêre swirt. Kolocz. 106, 346.
Swer sich habet an den dorn,
so er vellet der hât zwirnt verlorn. Freidank 96, 27.
Ez stichet ie der hagendorn. Wolf a. Schachzabel 1574 [1])
Vergl.: Simrock 1674.

DRECK.

Swer daz hor und den mist
rüeret, daz ervûlet ist,
der vindet niuwan stank. Krone 1486.
Sô du mê zetrîbest den kât,
sô er bœsern smac hât. Morolf II, 385.
Ie mer man den dreck rurt, ie fester er stinkt. Fastnachtspiele 527, 18.
Vergl.: Simr. 1692. Körte 1165.

DREI.

Ich hân vernomen,
daz an der dritten zal ist
ervollunge zaller vrist. Wälscher Gast 11809.
Vergl.: Aller guten Dinge sind drei. Simrock 1703.

DROHEN.

Swer dâ dröuwet, dâ man in niht vürhtet, derst ein kint. Sperv.[2]).
Nu merket, swer ze vil gedrôt,
den vürhtet nieman umbe ein brôt. Freidank 123, 24.
Swer zallen zîten dröuwen wil,
den sol man vürhten niht ze vil. Baldewin 126[3]).

DUMM.

Swâ wesent tumbe liute,
dâ sint rüeben und sac verlorn. Betevart 30[4]).

---

[1]) Reinhart p. 350.
[2]) Pfeiffer p. 73.
[3]) Reinhart p. 387.
[4]) Reinhart p. 392.

DUNKEN.

Ein iegelîchen dunket guot
swaz er aller gernest tuot. Freidank 108, 19.
Betrogen ist ir aller muot,
die sich selben dunkent guot. Freidank 115, 8.

EDELSTEIN.

Ein edel stein unde ein glas
Gelîchent ein ander dicke. Eraclius 1966.

EHRE.

Mit senfte nieman êre hât. Spervogel [1]).
Vergl.: Wer zu Ehren kommen will, muß zuvor leiden. Simr. 1820. Arbeit ist des Ruhmes Mutter. Simr. 406.
Ze vil êren ist halb laster. Boner 51, 57.
Vergl.: Zu große Ehre ist halbe Schande. Simrock 1800 und 1801.
Diu êre ist aller tugent ursprinc. Frauenlob Spr. 27, 13.
Swer êre minnet, dem wirt êre, hœre ich die wîsen sagen:
swer schande minnet, dem wirt schande an sînen lesten tagen. Guotære [2]).
Swâ von ein man sîn êre hât,
schamt er sich des, deist missetât. Freidank 53, 9.
Nieman sol des schame hân,
swaz er mit êren mac begân. Morolf II, 403.
Lît ein man mit êren tôt,
daz ist ein löbelîcher nôt,
denne er sîn êre ûf gebe
und dar nâch lasterlîchen lebe. Wolf und Gänse 817 [3]).
Vergl.: Besser ehrlich gestorben
als schändlich verdorben. Simr. 1853. und:
besser Ehr' ohne Leben, als Leben ohne Ehr'. Körte 1251.

---

[1]) Pfeiffer p. 83.
[2]) H. MS. III, 426.
[3]) Reinhart p. 320.

EID.

Stæch ein eit als ein dorn,
irn würde niht sô vil gesworn. Freidank 122, 21.
Vergl.: Simrock 1900. Körte 1281.

EISEN.

Die wîl daz îsen hitz ist vol,
vil bald man ez denn smiden sol. Boner 43, 63.
Vergl.: Simrock 2016. 2017. Körte 1372.

ENDE.

Waz du anhebest, denke uff das leste. Muscatblut 59, 24.
Vergl.: Was du thust, bedenk das Ende. Simr. 2057 und 2958. Körte 1398.

Ichn schilte niht swaz iemen tuot,
und machet er daz ende guot. Freidank 63, 20.

Ist daz ende guot, sô wirt ez allez guot
ân alle missewende. Amgb. 33^{b}.

Swelh leben ein guot ende hât,
daz muoz von schulden heizen guot. Kanzler [1]).

Unser herre vertregt, waz iemant tuot,
macht er allein daz ende guot. Renner 4087.
Vergl.: Ende gut, Alles gut. Simrock 2048. Körte 1395.

Rehte leben gît vil gerne guotez ende. Reinm. Zw. 205 [2]).

ERBARMEN.

Swer âne mâze erbarmec ist,
daz tregt vil wênic sâmen. Frauenlob Spr. III, 13.

ERKENNEN.

Swer sich selbe erkennen kan
ze rehte, derst ein wîser man. Freidank 106, 16.

ERNST.

Ernst zimt wol bidermannen. Frauenlob Spr. 85, 6.

---

[1]) H. MS. II, 397^{a}. [2]) H. MS. II, 214^{b}.

ESEL.

Swenne dem esel ist ze wol,
sô gêt er tanzen ûf daz îs. Frauenlist 283 [1]).

Vergl.: Wenn dem Esel zu wohl ist, so geht er aufs Eis und bricht ein Bein. Simrock 2159. Körte 1513 u. 1516.

Swâ man den esel krœnet,
dâ ist daz lant gehœnet. Freidank 140, 3. Diutisca I, 323 [2]).

Vergl. Simrock 2137. Körte 1505.

Man sol den esel blûwen,
so er den guoten weg wil schûwen. Morolf II, 541.

Dem dregen esel sal man zwefeldige slege geben. Morolf II, 259.

Vergl.: Wenn der Esel seine Tracht hat, so weiß er, wie er gehen soll. Simr. 2157 und Körte 1506 u. 1523.

Die fürsten hânt der esel art,
si tuont durh niemen âne gart. Freidank 73, 1.

Wir suln im vlêhen, als man dem esele tuot,
swenn er niht secke wil tragen, mit eime knüttel guot.
Rosengarten. Pfälz. HS.

Wâ sich der esel welzet, daz ist wâr,
dâ blûwet furze oder hâr. Morolf II, 295.

Vergl.: Wo sich der Esel wälzt, da muß er Haare lassen. Simrock 2177.

Swâ ein esel den andern siht
vallen, dar enkumt er niht. Freidank 140, 19.

Vergl.: Körte 1510.

Bî rede merke ich tôren,
den esel bî den ôren. Freidank 82, 10.

Swer esel niht erkennet,
der sehe in bî den ôren. Helbling I, 250.

In dûhte er wære gar unbekant,
iedoch diu langen ôren
meldeten den rehten tôren. Renner 7528.

Vergl.: Den Esel kennt man bei den Ohren,
Am Angesicht den Mohren
Und bei den Worten den Thoren. Simr. 2134.
Körte 1500.

---

[1]) H. Gesab. II, 95. [2]) Vergl. Einleitung zu Reinhart Fuchs LIII.

Und: man kann einem Esel wohl den Schwanz verbergen, aber die Ohren lässt er vorgucken. Simr. 2139.

Ist er ein esel oder gouch,
daz selb ist er ze Pârîs ouch. Boner 99, 71.

Vergl.: Zieht ein Esel über Rhein,
Kommt ein I-a wieder heim. Simr. 2166. Ambraser Liederbuch 193, 12. Und: Ein Esel bleibt ein Esel und käm er gegen Rom. Körte 1533.

Wer weiz wer noch den esel reit. Ambr. Liederb. 193, 12.

Swer mit dem esele leuwen jaget ûf breitem gevilde,
dâ verzîhe ich mich des teiles an der hût, od er wart nie wilde. Spervogel [1]).

Vergl.: Der esel kleine vorhte hât
zes lewen kreize, swâ der gât:
dazu tuot er niht durh argen list
wan daz er alsô narreht ist. Freidank 140, 15.

Esels stimme und gouches sanc
erkenne ich âne ir beider danc. Freidank 140, 9.

Der esel und diu nahtegal
singent ungelîchen schal. Freidank 142, 7. Körte 1539.

Die nahtegal dicke müet,
swâ ein esel od ohse lüet. Freidank 142, 9.

Vergl.: Esel singen schlecht, weil sie zu hoch anstimmen. Simr. 2173.

Maneger hât der esel art:
er rûmt eim fürsten niht sîn vart. Haslau 163. [2]).

ESSEN.

Übel gezzen ist halp getrunken. Diutisca I, 324.

EULE.

Swer iulen vür den valken zamt,
des sin ist laz, des lop erlamt. Urenheimer [3]).

---

[1]) Pfeiffer 86.
[2]) Haupt. Zt. VIII, 555.
[3]) H. MS. III, 38[b].

FALKE.

Des valken dinc niht rehte stât,
swenn er ze fuoz nâch spîse gât. Freidank 143, 13.

FALL.

Sô hôher berg, sô tiefer tal;
sô hôher êr, sô tiefer val; Boner 39, 37.
Sô hôher berg, sô tiefer tal;
sô grœzer kraft, sô swærer val. Boner 83, 53.
Ie hôher muot, ie swinder val, komt ein ungelinge. Frauenlob Spr. 65, 5.
Sam einer, der dâ hôger stîget,
der muos deste hôger fallen. Muscatblut 8, 22.

Vergl.: Hohe Steiger fallen tief. Simrock 9856.
Steige nicht zu hoch, so fällst du nicht zu tief. Simr. 9857.
Wer höher steigt als er sollte,
Fällt tiefer als er wollte. Körte 7152.

Wizzet daz der êrste val
bringet die andern über al. Wälscher Gast 11873.

FARBE.

Geribeniu varwe niht wol enzimet. Winsbecke [1]).
Geribenin varw nicht lange wert. Boner 67, 47.

Vergl.: Simrock 6434. Körte 4903.

Nieman ûzen nach der varwe loben sol. Walther 37, 6.

FASS.

Den boesen vazzen niemen mac
benemen wol ir ersten smac. Freidank 108, 15.
Swaz mit dem êrsten in den niuwen haven kumt, dâ smecket er iemer gerne nâch. Berthold 215 [2]).
Swes der vogel wonet ze nest
und swaz wâzes der test
wider êrste gewinnet,
des gesmackes ime zerinnet
nimmer mêre vürbaz. Krone 1514.

---

[1]) H. MS. I, 367[a]. Haupt liest: geribeniu schœne niht enzimt. 26, 3. —
[2]) ed. Kling.

Vergl.: Was zuerst ins Faß kommt, darnach schmeckt es immer. Simrock 2263.

Ich wæn von bœsme vazze
kumt vil selten guot gesmac. Eraclius 1118.

Edel wîn muoz nieten
von swâchem vazze âsmackes sich. Frauenlob Spr. 55, 4.

Vergl.: Simrock 11479 und 2269a. Körte 1606.

Ûz iegelîchem vazze gât
als ez innerhalben hât. Freidank 111, 2.

Her ûz kumt ze keiner vrist
niuwan daz innerthalben ist. Wälscher Gast.

Vergl.: Körte 1603.

Ez ist minne und hazze
z'enge in einem vazze. Iwein 7033.

FEIND.

Sie jehent, daz er niht wîse sî,
der sînen vînt versmâhen wil. Reinhart F. 1304.

Niemen ze ringe wegen sol die vînde sîn. Frauenlob Spr. 103, 1.

Vergl.: Körte 1666.

Der heimlîch vîgent schaden tuot. Boner 70, 64.

Vervründet vînt wirt selten guot,
wan an im ist kein triuwe. Frauenlob Spr. 270, 14.

FEUER.

Swer zem viwer nâht ze hart
der besenget dicke sînen bart. Wälscher Gast 1199.

Laesus ab igne puer timet illum postea semper.

Vergl.: Verbrannt Kind fürchtets Feuer. Körte 4216.

Swâ daz fiur ist bî dem strô,
daz brinnet lîhte, kumt ez sô. Freidank 121, 3.

Vergl.: Feuer bei Stroh
Brennt lichterloh. Simrock 2419 und
„Kommt Feuer und Stroh zusammen,
So giebt es gerne Flammen. Simr. 2420 und Körte 1704 und 1705. Sieh unter Stroh. —

FINDEN.

Swer gerne vindet, gerne stilt,
swer gerne verliuset, gerne spilt. Freidank 49, 5.

FINSTER.

Diu vinster ist den vînden liep. Wälscher Gast 8257.

FISCHE.

Ich hân daz dicke wol vernomen,
daz ûz den grôzen wazzern sint die grôzen vische komen.
Reinm. Zw. 20, 4 [1]).

In grôssen wassern michel visch
væcht man mit garen strecken. Wolkenstein VI, 193.

In tali tales capiuntur flumine pisces. Mone Anz. VIII, 505. — Vergl.: Simrock 2488.

Ein simele ist bezzer ûf dem tisch,
dann in dem wâge ein grôzer visch. Freidank 146, 13. Liedersaal 175, 51.

Vergl.: Ein kleiner Fisch auf dem Tisch ist besser als ein grosser im Bach. Simr. 2472. Körte 1749 und sieh Sperling, Vogel.

Mich dunket, der dû hâst gegert,
diu sî niht visch unz an den grât. Walther W. 186, 1. L. 67, 31.

Du bist ein visch unz ûf den grât. Lobgesang [2]) 65, 11.

Wan swaz si fröuden hât
ist niht visch unz an den grât. Martina 276, 92.

Er ist niht visch unz an den grât. Tanhauser's Hofzucht 128 [3]).

Ez lêret wol für missetât
der niht ist visch biz an den grât. Ebd. 263 [4]).

Er ist niht visch unz an den grât. Teichner 234 [5]).

Lânt die vröude, diu iuch lât,
sî ist niht visch unz an den grât. Mone Schausp. d. MA. 1, 218.

---

[1]) MSH. II, 214a.
[2]) H. Zeitschr. IV, 537.
[3]) H. Zeitschr. VI, 492.
[4]) H. Zeitschr. VI, 496.
[5]) Denksch. VI, 175.

Sît daz ir rât
niht anders gât
niur: „gip unt gip! habt ir den grât,
ich nim den visch vür missetât.“ Frauenlob Spr. 53, 15.

FLIEGE.

Diu fliege ist, wirt der sumer heiz,
der küenste vogel, den ich weiz. Freidank 145, 23. Carm. bur. CCIV, 7.

Vergl.: Tirol. Sitten p. 179.

Fliegen, flœhe, des tiuvels nît
die müent die liute zaller zît. Freidank 146, 1.

FLIEGEN.

Swer fliegen müge, der fliege alsô
weder ze nider noch ze hô. Freidank 118, 23.

Vergl.: Oben über und under durch gevarn,
daz ist ze hôch und ouch ze nidere: swer daz wil bewarn,
der var enmitten hin: daz ist vür vallen unt vür strûchen guot. Reinm. Zw. 96 [1]).

FLOH.

Soldes der keiser selbe swern,
ern kan sich mücken niht erwern;
waz hilfet hêrschaft unde list,
sît daz ein flôch sîn meister ist? Freidank 74, 1.
Si solten dâ bî bilde nemen,
daz fliegen mücken floehe bremen
si müent als einen armen man
der nie lant noch schatz gewan. Freidank 76, 13.
Swie sich der mensche hœhe,
sô tuont im die flœhe
vil leides an dem lîbe
dem man zuo dem wîbe. Martina 123, 21.
Alle künge ûf erden mit iren heren
mügen sich der flœhe niht erweren. Renner 23357.

---

[1]) MSH. II, 194b.

FRAU.

Si sagent: wîp hânt kurzen muot,
dâ bî doch ein vil langez hâr. Winsbekin 19, 1 [1]).
Ich hôrt ie sagen, daz ist wâr:
vrouwen die haben langez hâr,
dâ bî einen kurzen sin. Reiger 9 [2]).
Vrouwen die habent kurzen muot,
saget man, und langez hâr. Heidin 992 [3]).
Die vrouwen haben langez hâr
und kurz gemüete, daz ist wâr. Rädlein 285 [4]).
Daz ieman jehe stille noch offenbâre,
Daz frouwen kurz gemüete in herzen trüegen under langem
hâre. j. Tit. 4992, 4 [5]).
Kurzen muot unt langez hâr
habent die meide sunderbâr. Renner 320.
Langez hâr und kurzen muot,
spricht man, suln die vrowen hân. Teichner 311 [6]).

Vergl.: Dasselb seind sinn mit langem hâr. Vintler 9423.
Niwan daz luzzil wîbes sin
die lenge für die spannen gât. Klage 2038 [7]).
Frauen haben langes Haar und kurzen Sinn. Simr. 2633.
und: Frauen haben lange Kleider und kurzen Muth.
Körte 1849. Simr. 2634.

Durch fröude frowen sint genant:
ir fröude fröuwet elliu lant. Freidank 106, 4.
Daz vröuwen an in ist bekant,
des sint si vrouwen genant. Stricker's Frauenehre 1081.
Vrouwe der name hœret vrouwen an, die mit tugenden
vröuwen âne wê, die heiz ich vrouwen. Frauenlob [8]).
Diu vrouwe vröuwet unde unvröuwet maniger muoter kint.
Sunnenburg [9]).
Wîb ist ein gâb der fröuden,
Diu alle fröud bekrœnet. Labers 722, 1.

---

[1]) MSH. I, 374b.
[2]) HGA. II, 157.
[3]) HGA. I, 415.
[4]) HGA. III, 118.
[5]) Hahn.
[6]) Denkschr. VI, p. 172.
[7]) Holtzmann.
[8]) MSH. III, 105b.
[9]) MSH. III, 71b.

Er hât rehter fröide kleine,
ders von guoten wîben niht ennimt. Walther W. 147, 17.
L. 91, 23.

Vergl.: Von in kumt alle sælekeit. Brennenberg [1]).

Diu hôhe vröude an wîben lît,
dâ von sich hœhet mannes muot;
zer werlte wart nie niht sô guot,
sô daz dem herzen vröude gît.
daz tuot sô vollekliche niht,
als ich die besten hœre jehen,
sô tugende gernder wîbe lîp.
mac ie man vrô sîn âne wîp
ze rehte, des kan ich niht spehen. Obernburg [2]) und Weinhold. d. Fr. S. 3.

Ez wart nie frou sô hôch geborn,
si næm ein bruoch rüden für ein eichorn. Liedersaal 177, 27.

Hât er pfennige, in minnent wîp für allez adelkünne. Colm. 15, 19.

Er künde doch mit lærer hant
nimmer vrouwen gunst bejagen. Ehefrau 596 [3]).

Vergl.: Frauengunst
War nie umsunst. Simr. 2632.

Unstæt ist ouch der vrouwen muot,
des sint ir wort nicht wol behuot. Boner 97, 91.

Seid frawen gunst nun erbent nicht
und herren dienst, als man dâ spricht,
dâ von doch manigem laid geschicht,
der jetz in hôchen fröuden swebt. Hätzlerin 54ᵃ.

Dehein huote ist sô guot
sô die ein wîp ir selber tuot. Freidank 101, 7.

Ez wart kein huote nie sô guot
wan die ein biderbe frouwe selbe an ir tuot. Morolf I, 3126.

Ez enwart bezzer huote nie ûf erden
wane die ein reinez wîp ir selber tuot. Colm. 55, 100.

Swer den frouwen setzet huote,
der tuot dicke daz übel stêt. Veldeke [4]).

---

[1]) MSH. I, 335ᵇ.
[2]) MSH. II, 226ᵃ.
[3]) HGA. II, 235.
[4]) MSF. 65, 21. MSH. I, 38ᵇ.

Ich wil dîn, tohter, hüeten niht:
dîn stæter muot dîn hüeten muoz. Winsbekin 29, 1.
Diu huote ist wîbes êren gram,
swâ si ûf kranken wân geschiht;
ir ende guot ich nie vernam. Ebd. 32, 1.
Swer der frouwen
hüetet, dem künd ich den ban. Morungen [1]).
Wer überig huot an sîn wîp leit,
der verliuset michel arbeit. Meierin 159 [2]).
Wan man spricht, wer frouwen hüete
und hasen zeme, daz der wüete. Renner 12844.
Der wîbe ouch nieman hüeten sol,
wan sie sint maneger liste vol. Renner 12830.
Nieman keinr frouwen hüeten sol,
ir zarter lîp ist huote vol,
wil sie sich selbe in huote hân
vor aller valschen minne. Colm. 121, 5.
An swachen frowen ist alle huote gar verlorn. Colm. 55, 96.
Swie sêre ein wîp behüetet sî,
dennoch sint ir gedanke frî. Freidank 101, 5.
Ezn hilfet ouch niht umb ein hâr,
daz man dâ heizet huote. Eracl. 3952.

Vergl.: Keine Hut ist so gut,
Als die ein Weib sich selber thut. Simr. 5182
und: Eigne Hut am besten thut. Körte 3843 und ähnliche Sprüche in Brand's Narrenschiff. Com. S. 364[a].
Belege für diesen Satz geben die Erzählungen von Tristan und von Eraclius. — Über Frauenhut im Mittelalter s. Weinhold d. Fr. S. 178.

Andere hieher bezügliche Sprüche s. bei Weib.

FREIHEIT.

Vrîheit ist der êren hort,
sie überkrœnet werk und wort. Boner 59, 75.
Ichn gæbe mînen frîen muot
umbe deheiner slahte guot. Freidank 131, 3.

---

[1]) MSF. 136, 37. [2]) HGA. II, 291.

Swelch man verkouft sîn vrîen muot,
der nimt niht gelîchez guot. Wälscher Gast 2813.
Allen freyen freyhait,
denn senfter tuet ir freyer muot,
dan dem keyser alles sein guot. Keller Erzähl. 513, 7.

Vergl.: Freiheit ist über allen Reichthum. Körte 1881. Freiheit geht über Silber und Gold. Simr. 2648. Körte 1882.

Grôz frîheit oft bœs ende nimt. Renner 6370.

Vergl.: Zu frei bringt Reu. Simrock 2659. Körte 1867.

FREMDE:

Unkünde ist manegem herzen guot
und lêret maneger hande tugent. Tristan 80, 6.

Vergl.: Fremde macht Leute. Körte 1885. Simr. 2682.

Vrömde schadet unde vrumt,
den bœsen sie ze staten kumt. Freidank 112, 27.
Mit vrömde nieman wirt erkant,
weder liute noch daz lant. Freidank 113, 2.
Ach langez fremden scheidet liebe köufe. Labers 223, 4.

FREUDE (Froh).

Frô mit ungeræte,
diu fröude ist unstæte. Freidank 117, 22.
Ich wil sîn
vrô mit ungeræte
und an einem wîbe stæte. Heinzenburg [1]).
An swiu grôze vreude lît,
dâ lît grôz leit zaller zît. Wälscher Gast 3989.
Wanne mit stæten vreuden mac
nieman geleben einen tac. Renner 248.

Vergl.: Keine Freud ohne Leid. — Nach Freuden folgt Leid. — Freud und Leid sind nahe Nachbarn. — Jede Freud hat ein Leid auf dem Rücken. — Freud und Leid sind einander zur Ehe gegeben. — Zwischen Freud und Leid ist die Brücke nicht breit. Simrock 2696—2701. Körte 1893, 1894, 1899, 1900.

---

[1]) MSH. I, 305b.

Swer zaller zît mit freuden vert,
dem wart nie gemach beschert. Wolfr. Willehalm 281, 5.
Man sol bî fröuden wesen frô,
bî trûren trûrec, kumt ez sô. Freidank 117, 20.
Wan ich hân gehôrt, daz ie ein vreud die andern bringe.
Lohengrin 1017.

FREUND.

Manic man vil friunde hât
die wîl sîn dinc iht ebene gât,
und hât doch bî in allen
vil lützel nôtgestallen. Freidank 96, 5.
Niemen weiz wâ er friunde hât,
wan soz an lîp und êre gât. Freidank 96, 9.
Die wîle daz ich bî guote bin,
sô hân ich friunde und hôhen sin:
swindet aber mir daz guot,
sô swindent friunde unt hôher muot. Renner 1596.
Wan vliusestu dîne habe,
sô gênt dir sân die vriunde abe. Cato 365.
Guoter vriunde in nôt ieman vil lützel siht. Marner [1]).
Wenne ez gât an rechte nôt,
sô sint die vriunde alle tôt. Boner 62, 71.
Reht freunt erkennt man in der nôt,
ir gên wol hundert auf ein lôt. Fastnachtspiele 527, 9.

Vergl.: Den Freund erkennt man in der Noth. Körte 1930. Freund in der Noth gehn zehne auf ein Loth. Körte 1933. Simr. 2731. Freunde in der Noth, tausend auf ein Loth. Ein Freund in der Noth ist ein Freund in der That. S. 2733.

Und: Ez zimt ouch noch den liuten wol,
swer sînem vriunde bî gestêt,
soz im an die rehten nôt gêt,
sô man vriunt muoz kiesen
oder aber den lîp verliesen,
swer im dâ hilfet sâ genesen,
der mac vil wol sîn vriunt wesen. Wolf u. Biber. [2])

[1]) MSH. II, 238b.   [2]) Reinhart S. 315.

Wan daz dicke geschiht,
daz friunt friunde gestât:
er ist sêlic, der in hât,
sô ez im gât an die nôt. Biterolf 1253.
Kein freunde hâst in nôten dein. Ambras. Liederb. 126, 16 und Brant's Narrenschiff. Com. S. 318b.

Die wîl die biutele klingent,
die friunt dar gerne dringent:
verliesent sie ir klingen,
sô wirt dar kleine dringen. Freidank 96, 1.

Die friunt getuont sîn lîhte rât,
swenn er des guotes niht enhât. Spervogel [1]).

Vergl.: Freunde, dieweil man hat. Körte 1947. Glück macht Freunde. Simr. 2737.

Die wîle dêr mit vollen lebet,
sô hât er holde mâge. Spervogel [2]).

Vergl.: Siedet der Topf, so blüht die Freundschaft. Körte 1950. Simr. 2739.

Gemachet friunt ze nœten stât,
dâ lîhte ein mâc den andern lât. Freidank 95, 16.

Baz gehilfet friuntschaft âne sippe. Walther W. 69, 19 L. 79, 19.

Mâc hilfet wol, friunt verre baz. Walther W. 69, 24 L. 79, 24.

Ein trût geselle ist bezzer danne vil unholder mâge. C. v. Würzburg [3]).

Vergl. den Spruch des Kanzler (MSH. II. 398a) und: Ein Freund ist mehr werth, denn ein Verwandter. Körte 1922, und: Ein guter Freund ist mehr werth, als hundert Verwandte. Simr. 2703.

Gewisse friunt, versuochtiu swert
sint ze nœten goldes wert. Freidank 95, 18.

Ein triuwer friunt, swâ man den vint, ist goldes wert. Colm. 132, 1.

---

[1]) MSF. 22, 11.

[2]) MSF 22, 15.

[3]) MSH. II. 331b.

Getriuwer vriunt, versuochtez swert, die zwêne sint in nœten guot. Br. Wirner[1]).

Ouch hôrte ich ie mit volge des die liute jehen:
„gewissen friunt, versuochtiu swert, sol man ze nôt ersehen.
Walther W. 46, 16. L. 31, 1.

Vergl.: Alter Freunde, alten Weins und alter Schwerter soll man sich trösten. Körte 1936. u. Simr. 2721 u. 2728.

Guoten vriunt alden
sol man wol behalden. Kaiserchr. 3980[2]).

Swer alte getriuwe friunde verkiuset
mit niuwen friunden, er verliuset.
Niuwe friunde und niuwer wîn
mügen wol gelîch einander sîn. Renner 1878.

Vergl.: Die alten Freunde die besten. Simr. 2723.
Neuer Freund, neuer Wein. Simr. 2726.

Mir ist ouch für wâr geseit,
daz er lîhte vriunde sich bewiget,
swer alle zît niugerne pfliget. Blicker 122.

Swer sich von vriunden scheiden wil,
geniuzt er des, daz ist niht vil. Boner 30, 35.

Ez wart nie bezzer nâchgebûr,
denn ein bewærtiu friuntschaft. Troj. Kr. 11252.

Swer einen guoten vriunt hât,
daz ist der beste arzât. Cato 469.

Ein friunt ist nützer nâhe bî
dan verre zwêne oder drî. Freidank 95, 14. Sieh Körte 1926.

Vergl.: Es sind nicht Freunde, die ferne sind. Ebd. 1927.

Der alte vriunt ist dicke guot,
der alte vîgent schaden tuot. Boner 47, 117.

Velschlîcher tuot mir noch mîn friunt
dann offenbâr mîn vîent. Colm. 145, 23.

Vergl.: Offener Feind ist besser, denn zweideutiger Freund. K. 1654. S. 2369 u. 2370.

---

[1]) MSH. III, 14a.

[2]) Massmann.

Ich hœre sagen und ist wâr: man sol durch vriunde sterben unt genesen. Hinnenberger [1]).

Über Freund s. Geselle. —

FRISCH.

Frisch und frölich, from und ehrlich. Ambr. Lb. 161, 21.

Vergl.: K. 1987 u. 1988. S. 2805.

FROSCH.

Die frœsche tuont in selben schaden,
wellent si den storchen ze hûse laden. Carm. bur. CCIV, 10.
Der frosch gewinnet lîhte schaden,
wil er den storch ze hûse laden. Freidank 141, 19.

Vergl.: S. 2843. K. 2024.

FUCHS.

Als sich der fuhs mûsens schamt,
sô hæter gerne ein hœher amt. Freidank 138, 21.
Swelh fuhs sich sînes mûsens schamt,
der muoz verderben doch. Marner [2]).
Swer fuhs mit fuhse vâhen sol,
der muoz ir stîge erkennen wol. Freidank 139, 3.
Wer vuchs mit vuchse vâhen sol,
der bedarf guoter listen wol. Boner 71, 73.
Schwer füchs mit füchsen vâhen wil,
der selb bedarf witzen vil. Wackernagel LB. 835, 2.
Ein schalk den andern hinder gât,
recht als der vuchs mit vuchse vât. Boner 35, 41.

Vergl.: Den Fuchs muss man mit Füchsen fangen. K. 2045. S. 2883. Man schickt Füchse aus, um Füchse zu fangen. S. 2885 und 2886 und 8841.

Die fohen man mit fohen widerstillet. Labers 430, 50.
Der dînen freuden frewe ich mich.
Man spricht, swâ fuhs gein fuhse stâ
und eine hât, diu ander zwâ
daz sî ir beider êre. Colm. 118, 56.

---

[1]) MSH. III, 39b. [2]) MSH. II, 251a. Colm. 94, 21.

Wer mit dem fuchs ackert, widerstêt der pflug. Fastnachtspiele 527, 14.

FUNKE.

Von kleinen funken sicht man grôze brünste. Labers 439, 7.
Dicke werdit gar ein grozis füre
von eime gar kleinen funkin. Ritterspiegel 3733.
Von einem glimme ein halm enbran,
von einem halme ein schiure,
sô daz man schaden grôz gewan
von ungefüegem fiure. Colm. 121, 41.

Vergl: Das Feuer fängt vom Funken an, vom Funken brennt das Haus. S. 2923. K. 2091.

FURCHT.

Ân vorcht ein kleine bezzer ist,
denn vil mit vorchte, wizze krist. Boner 15, 69.
Swer âne vorhte wehset, der wirt gerne sunder êre grîs. Marner [1]).

FÜRST.

Swer mit gemache gerne sî,
der wese den fürsten selten bî.
Swer mit den fürsten wil genesen,
der muoz ein lôser dicke wesen,
oder lange sîn ein gast. Freidank 73, 10.
Wer mit dem fride welle sein,
und trachten nâch der sêle hail,
mâß sich der fursten prôt und bein. Wolkenstein XXII, 2, 1.
Ez ist noch schade, wizze krist,
daz manec lôser werder ist
ze hove, danne sî ein man,
der nie valsches began. Reinhart 2177.

GABE.

Diu gâbe in hôher wirde lît,
die man ungebeten gît. Freidank 111, 26.

---

[1]) MSH. II, 251a. Colm. 94, 31.

Diu gâbe ist zweier gâben wert,
der schiere gît, ê man ir gert. Freidank 112, 1.
Swe schiere gît darnâch sô man sîn gert,
als ich die wîsen hœre jehen, diu gâbe ist meneger gâbe wert. Singenberg [1]).
Swer gâbe gît, sô man ir gert,
diu gâbe stêt ze lobene wol,
die man niht herteclîche darf erschallen:
diu gâbe ist drîer gâben wert. Rûmelant [2]).
Vergl.: Schnelle Gabe hat Gott lieb. K. 2129. S. 2974.
Gib bald, nicht halt,
So wird dein Gab mannigfalt. K. 2130.
Swie grôz denne sîn gâbe sî.
der milte ist niht lobes bî. Reinhart 1435.

GALLE.

s. Honig.

GANS.

Des mucht ein gans wol lachen. Muscatblut 91, 40.

GAUCH (Kukuk).

Der gouch ziuht jungiu göuchelîn. Renner 1710.
Swaz man den gouch gelêret,
sîn sanc er niht verkêret. Freidank 143, 17.
Wan swie vil man den gouch lêrt,
sîn gukguken er doch niht verkêrt. Renner 5861.
Vergl.: Der Kukuk behält seinen Gesang,
Die Glock ihren Klang,
Der Krebs seinen Gang,
Narr bleibt Narr sein Leben lang. S. 6009.
Des gouches sanc ist niender wert,
wan dâ man bezzers niht engert. Freidank 143, 15.

---

[1]) Wackernagel 222, 20. MSH. I, 290.b.
[2]) MSH. III, 68b.

GEBEN.

Swer gît, der ist liep. Br. Wernher [1]).
Swer gît, der ist der werde,
swer niht enhât, der ist unwert. Marner [2]).
Der gebende ist der werde:
der niht enhât, der ist unwert. Colm. 104, 17.
Vergl.: Wer gibt, der ist lieb. S. 3093.
Geben tuot dem milten baz
danne versagen; wizzet daz. Freidank 86, 12.
Vergl.: Geben ist seliger denn nehmen. S. 3078. K. 2208.
Swer milte und guot hât
wil der lobelîchen leben,
der sol ze rehter zîte geben,
und sol ze rehter zît versagen:
die müezen beidiu wol behagen. Wolf u. Hund 1442 [3]).
Wer kan behalten und geben
ze reht der solt iemer leben. Liedersaal. 175, 5.
Wizzet, er ist ein sælic man,
der rehte halten und geben kan. Renner 8288.
Wann der dâ mêr geit, dann er mag hân,
der tailt sich von miltikait und steigt in scham. Vintler 1826.

GEBETH.

Kurz gebet der himel port. W. Gast 10194.
Vergl.: Kurz Gebeth, tiefe Andacht. K. 2226. S. 3107.

GEBHART.

Swâ her Gebhart kumt in d'schrangen,
dâ her Nemhart rihter ist. Teichner 315 [4]).
Über diesen sprichwörtl. Namen vergl. Pf. Germania IV, 132 u. V, 295.

GEBRECHEN.

Nieman ist âne gebresten gar. Colm. 107, 21.

---

[1]) MSH. II, 228b.
[2]) MSH. II, 244a.
[3]) Reinhart S. 344.
[4]) Denkschriften VI, 172.

GEDANKE.

Gedanke die sint ledic frî,
dazs in der werlte nieman kan erwenden. v. Eist [1]).
Wenne den liuten sint gedanken vrî. Heidin 1437 [2]).
Joch sint jedoch gedanke vrî. Walther W. 139, 4. L. 62, 19.
Gedanke sint vrî, daz ist wâr. Helbling IV, 315.
Nû sint doch gedanke vrî. Hohenfels [3]).
Gedanke und troume sint sô frî,
si sint den liuten swære bî. Freidank 22, 26.
Dar umbe sint gedanke frî,
daz diu werlt unmüezec sî. Freidank 122, 17.
Gedanke nieman kan erwern den tôren, noch den wîsen,
dar umbe sint gedanke vrî ûf aller hande sache. Suezkint [4]).
Gedanke muoz man ledic, vrî, ungevangen lâzen gân,
ez enwart nie keiser, künic sô hêr, der gedanc unt merken
kunne erwern. Reim. Zw. [5]).
Diu bant kan niemen vinden,
diu gedanke mugen binden:
man vât wol wîp unde man,
gedanke nieman vâhen kan. Freidank 115, 14.
Wan die sêle und den gedanc
nie dehein man betwanc. W. Gast 7879.
Vergl.: Gedanc sich sunnen blickes wert:
gedanc ist âne slôz bespart,
vor aller crêatiure bewart:
gedanc ist vinster âne schîn. Parz 466, 16.
Gedanken sind zollfrei. S. 3129, 3128. K. 2238.
Gedanke und ougen die sint snel. Spervogel [6]).

GEDINGE.

Gedinge brechent lantrecht. Boner 72, 48.
Vergl. S. 3133.

---

1) MSF. 34, 19.
2) HGA. I, 427.
3) MSH. I, 208a.
4) MSH. II, 258b.
5) MSH. II, 188b.
6) Pfeiffer S. 76.

GEDULD.

Swer hât geduldige site,
dem volget êre und sælde mite. Cato 227.
Gedult verwindet grôze nôt, hôre ich die wîsen sagen.
Müglin F. XII, 15 [1]).
Schweig, leyde und lach,
gedult überwint alle sach. Fastnachtsp. 1459, 101.
Vergl.: Geduld siegt über alles Übel. K. 2247.
Geduld ist stärker denn Diamant. K. 2253. S. 3141.
Geduld überwindet alles. K. 2254. S. 3137.
Der Geduld Sieg
Behält allein den Stich. K. 2255 u. ähnl. bei Simr. 3138 u. s. f.
Es heißt geduld das kreutlein gut,
wechst nicht in allen gerten. Amb. Lb. 126, 5.
Vergl. S. 3146.

GEFALLEN.

Swer im selbem wol gevallet, der treit gouches houbet.
Spervogel [2]).
Wir gevallen alle uns selben wol,
des ist diu werlt gar tôren vol. Freidank 84, 6.
Wir gevallen alle uns selben wol,
des ist daz lant der affen vol. Boner 79, 55.
Ain yegklîchs gevelt im selber wol,
des ist die welt der tôren vol. Wolkenstein V, 3, 9.
Secht manger gfellt im selber wol,
des ist die werlt der tôren vol. Wolkenstein XXII, 2, 12.
Sît iederman gevellet sîne wîse wol,
dâ von ist vol,
spricht man, daz lant der tôren. Colm. 14, 39.
Vergl.: Wer sich selbst gefällt, gefällt einem Narren.
K. 2278 und S. 7331.

---

[1]) Müller.

[2]) Pfeiffer S. 74.

GEIZ.

Swer gîtekeit und erge hât,
deist gruntvest aller missetât. Freidank 91, 2.

Vergl.: Der Geiz ist die Wurzel alles Übels. K. 2309. S. 3204.

Alle sünden werdent alt,
gîtekeit junget manigvalt. Boner 89, 47.
So der gîtig minr des weges hât,
so er mê guotes ûf sich lât. Boner 89, 49.

Vergl.: Wenn alle Sünden alt werden, wird der Geiz jung. S. 3227. Alle Laster nehmen mit der Zeit ab, nur Geiz und Lüge nehmen zu. S. 3228. K. 2327.

Ein gîtic herze niemen mac
erfüllen, dast ein übel sac. Freidank 112, 9.
Wanne gîtikeit ist ein übel sac,
der nimmer wirt und nie wart vol,
swie vol er ist, doch ist er hol. Renner 3792.
Ein gîtic herz, daz nieman mac
erfüllen, ist ein übel sac. Renner 5143.
Ez tuot ouch niht wan gîtes vaz,
diu nieman ûf der erde hie mit guote ervüllen mac. Sunnenburg [1]).

Vergl.: Der Geiz und der Bettelsack sind bodenlos. S. 3208. K. 2310. Kein Gut hilft für den Geiz. K. 2311. Den Geiz und die Augen kann niemand erfüllen. K. 32312 und mehrere Belege dieses Spruches im Commentar zu Brant's Narrenschiff S. 401[b.] —

GELEGENHEIT.

Fremede scheidet herzeliep,
state machet manegen diep. Freidank 105, 4.
Vremede schaidet herzelieb,
stat machet manigen dieb. Carm. bur. CCIV, 25.
Fremde scheidet herzen liep,
sô machet state manchen diep. Freiberg's Tristan 319.

---

[1]) MSH. II, 354[a.]

Stat macht diebe, daz ist wâr. Boner 96, 1.
Wan stunt und stat vil dieben macht. Boner 61, 18.
Die stat lêrt den diep steln. Heidin 115 [1]).
State lêret diebe steln. Eraclius 2444.
Wann den dewb macht die stat. Vintler 5887.
Vergl.: Gelegenheit macht Diebe. K. 2434. S. 3340.

GELEITE.

Ich hôrt ie sagen, der niht hât
geleites, der mac missevarn. Bitterolf 7888.

GELINGEN.

Swem wol gelinget, der ist vrô. Lichtenstein 287, 29.

GELÜBDE.

Gelübde vert den êren pfat,
Swer sîn gelübde behaltet wol,
billîch man den loben sol. Mai 230, 1.
Wiltu mit êren alden,
waz du gelobest, daz soltu halden. Morolf II, 465.
Vergl.: Versprechen und halten,
Steht wohl bei Jungen und Alten. K. 7871.

GEMACH.

Want mit gemache niemen mac
grôze êre erwerben. Wigalois 77, 9.
Wen spricht, daz überig gemach
gesunde liute machet swach. Boner 48, 149.
Vergl.: Man spricht: zu viel Gemach
Macht gesunde Leute schwach. K. 2466.
Ze vruo gemach tuot gerne afterriuwe. Frauenlob Spr. 297, 15.
Swer mit gemache gerne sî,
der wone den fürsten selten bî. Renner 5703.
Vergl.: Willst haben Gemach
Bleib unter deinem Dach. K. 2664.

---

[1]) HGA. I, 392.

GENUG.

Genuoc ist bezzer dan ze vil. Freidank 61, 19.
Vergl. S. 3402 u. 3403. K. 2490.
Der hât genuoc der nie mêr wil. W. Gast 8135.
Swen des genüeget des er hât,
derst rîche âne schazzes hort. Spervogel [1]).
Swen genüeget, des er hât,
der ist rîche, swiez ergât. Freidank 43, 10.
Vergl: Es ist genug, so man sich genügen lässt. K. 2492. S. 3406. Reich genug, wer sich genügen lässt. S. 3404.
Swen niht genüeget des er hât,
des armuot mac niht werden rât. W. Gast 2719.
Welch man im nicht genugen lât, der muz oft swêrer tragen. Müglin F. XII, 18.

GERNE.

Wizzet swaz man gerne tuot,
des mac man vil verenden. Eraclius 270.
Vergl.: Was man gerne thut, ist keine Arbeit. S. 3445.

GESCHEHEN.

Swaz geschehen sol daz geschiht. Freidank 132, 6. Krone 7216 u. 11037.
Er sprichet, allez daz geschehen sol, daz geschiht. Reim. Alt.[2])
Wan daz geschiht daz muoz wesen. Eraclius 547.
Dir geschiht daz dir geschehen sol,
und anders niht, daz weiz ich wol. Iwein 6566.
Swaz dem man geschehen sol,
daz geschiht ân wende. Wigalois 2295.
Swaz sô geschehen sol daz geschiht. Lichtenstein 227, 22.
Daz sîn sol, daz muoz geschehen. Fragm. 24[c], 504.
Swaz sich sol gefüegen, wer mac daz understên? Nibel. 1719, 1.
Vergl.: Was geschehen soll,
Das fügt sich wohl. S. 3468.

---

[1]) Pfeiffer S. 82. [2]) MSF. 177, 21.

Hin hin, waz ist beschaffen
daz kan doch nieman wenden. Labers 70, 1.
Kein geschehen ding doch nieman wendet. Labers 128, 5.
Nieman kan wider schaffen daz geschehen ist. Frauenlob Spr. 115, 1.

Gedenke ouch, vrouwe wol getân,
daz enkeiner slahte list
hilfet, waz beschehen ist,
daz daz müge widerkomen. Heinzelin ML. 2406.
Vergl.: Geschehen Dinge leiden keinen Rath. S. 3472.
Ez ist geschehen unt sî geschehen. Frauenlob Spr. 115, 15.
Vergl.: Geschehen ist geschehen. K. 2528.
Sô aber daz dinc niht wesen sol,
so enhilfet niht swaz ieman tuot. Lanzelet 6440.

GESCHENK.

Arbitror esse satis, quod confertur mihi gratis. Mone Anz. VII, 88.

S. oben Gabe.

GESCHREI.

Geschreies vil und lützel wolle gap ein sû. Colm. 14, 26.
Vergl.: Viel Geschrei und wenig Wolle. K. 2546. S. 3495. Viel Geschrei und wenig Wolle, sprach der Teufel, da schor er ein Schwein. S. 3495.

GESELLE.

Swer den man erkennen welle,
der werde sîn geselle. Freidank 64, 4.
Wir haben gehôrt vil lange wol,
daz man den man bî sînen gesellen dicke erkennen sol. Reim. Zw. [1]).
Der man ist nâch dem sinne mîn
dar nâch und er gesellet sich. Winsbeke 23, 3 [2]).
Ez ist ein altiu lêre,

[1]) MSH. II, 210a.   [2]) MSH. I, 366b.

daz sich der man gesellet,
als sîn leben ist gestellet. Türheim Wilh. Caßl. HS.
Den man acht ich sicherlich
reht als er gesellet sich. Cato p. 130.

Vergl.: Gesellschaft malt einen am besten. S. 3507. An den Gesellen erkennt man den Gesellen. K. 2586. S. 3508. —

Ein frum man hât den andern liep,
sô minnet ein diep den andern diep. Renner 778.
Compar amat similem. quod amatur amabit amantem. Lib. sentent. 8 [1]).

Vergl.: Gleich und gleich gesellt sich gern. S. 3679. Gleich gesinnt macht gute Freunde. S. 3689 und ähnliche.

Man wirt bî guoten liuten guot,
bî übeln übel, sô manz tuot. Freidank 107, 10.
Wan mit dem guoten wirt man guot
und bœse bî dem, der bœslîch tuot. Frauenlist 17 [2]).
Man wirt bî reinen liuten guot,
bî bœsen lernt man valschen muot. Haslau 469 [3]).
Des guoten gesellen wirt man gesunt,
des argen man in erbeit kunt.
Mit den guoten wirt man guot,
der bœse niemer wol getuot. Boner 73, 51.
Daz edel krût von bœsem krûte valwen muoz. Frauenlob Spr. 55, 7.

Vergl.: Böse Gesellschaft verderbt gute Sitten. K. 2559. S. 3506.

Ein böser Geselle
Führt den andern zur Hölle. K. 2557. S. 3504.

Von ungesellen wirt der man
vil dicke houbetsiech. Reim. Zw. 184. [4]).
Geselleschaft, diu bôsheit kan,
von der wirt houbetsiech ein man. Frauenlob Spr. 271, 17.

---

[1]) H. Zeitschr. VI, 304.
[2]) HGA. II, 87.
[3]) H. Zeitschr. VIII, 564.
[4]) MSH. II, 210a.

Man werdit houbtsiech
vil dicke von bosir gesellschaft
dit ist ein aldis sprichwort. Ritterspiegel 132[1]).
Du hâst ouch ie gehôret
daz man von bœsen gesellen dicke sieche. Labers 279, 6.
Ezn hât dekein gesselleschaft
mit ungelîchem muote kraft. Freidank 64, 6.
Nu stât es wol in allen landen,
daz ein geselle dem andern sol
getrûwe sîn. Daz stât wol. Diocletian 7839.
Ein bewert guot geselle
ist nit zu wegen ringe.
Man rede was man welle,
gesellechaft die frumt zu mangem dinge. Minnefalkner 169, 1.
Als ouch die wîsen wellen,
ezn habe deheiniu grœzer kraft
danne unsippiu selleschaft,
gerâte si ze guote. Iwein 2702.
S. oben Freund. —

GEWALT.

Gewalt noch mangem an gesiget,
daz hœret man die wîsen jehen. I. v. Warte[2]).
Gewalt den witzen angesiget. Spervogel[3]).
Gewalt den witzen angesiget,
dâ man rehtes niht enpfliget. Freidank 80, 1.
Gewalt witzen angesigt. Ottokar 279ᵃ.
Swâ gewalt mit rehte vert, reht wirt wol gevüeret. Frauenlob Spr. 96, 5.
Swâ gewalt reht brichet
dâ hât gewalt geswachet sich. Frauenlob Spr. 97, 10.
Grôz gewalt und irdisich guot
verkêrent wîser liute muot. Renner 6003.
Vergl.: Gewalt, Geld und Gunst
Schwächt Ehre, Recht und Kunst. K. 2597.

---

[1]) Bartsch md. Ged. 102.
[2]) MSH. I, 65ᵇ.
[3]) Pfeiffer S. 79.

und: Bei grosser Gewalt ist grosse Narrheit. K. 2599. S. 3584.

Gewalt brichet mûren. Livl. Chr. 3086.

Vergl.: Gewalt bricht Eisen. K. 2600.

Ez ist dicke daz gesprochen:
swer gewaltic wære,
der solte ouch gernædic sîn. Winterstetten [1]).

Swâ rîcher man gewaltic sî,
dâ sol ouch gnâde wesen bî. Freidank 40, 13.

Gewalt der sol genædic sîn. Singenberg W. 226, 18.

Genâde sol bî gewalte sîn zwifaltic. Labers 171, 5.

Vergl.: Gewalt soll gütig sein. K. 2596. S. 3586.

GEWINN.

Sô der man ie mê gewinnet,
sô erz guot ie sêrer minnet. Freidank 56, 3.

Daz kûm gewunnen dunket guot,
swaz man gar âne vorhte hât, daz leidet sich vil dicke. Heigerloh [2]).

Der nie gewan, der vlôs nie. Cato 320.

Vergl.: Gewinn ich nichts, so verlier ich nichts. S. 3607.

GEWOHNT.

Den site ein man ungerne lât,
den er von jugent gewonet hât. Freidank 108, 17.

Ein jeglich kint sich dâ nâch sent,
als ez diu muoter hât gewent. Freidank 108, 11.

Swes daz kint gewont, daz selbe im nâch dont.
Daz ist ein altgesprochen wort. Berthold I, 34, 37 [3]).

Swes der man gewont hât,
daz ist wunder, ob er daz sanfte lât. Cato 547.

Wes sich die jugent hât gebent,
daz alter sich darnâch versent. Wolkenstein XXII, 3, 12.

Gewonheit ist dâ schuldec an:
diu gît dem lîbe selhen pîn;

---

[1]) MSH. I, 157a.

[2]) MSH. I, 63b.

[3]) Pfeiffer.

des er von kintheit ist gewon,
ez sî im schade, ez sî im frum
dâ kumt er âne got niht von. Winsbeke 37, 6.
Abir want zû allir vrist
menschlich sin geneigit ist
lîchtlich hin zû missetât
und die sittin kûme lât,
die er ûf von jugint hât
brâcht unz in des aldirs grât. Jeroschin Pf. 13, 1. —
Vergl.: Jung gewohnt, alt gethan. S. 3634,
Gewohnheit ist ein eisern Hemd. K. 3655.
Ihr sult iuwer kint ûf guotiu dinc wîsen,
wann gewonheit ist etewanne rîcher danne dîn natûre. Berthold Kl. 217.
Gewonheit ist rîcher danne natûre. J. Titurel 5344, 3.
Gewonheit diu ist rîche. Helbling VIII, 1.
Gewonheit diu ist rîch,
tumben liuten schedelîch:
bœse gewoneheit
machet schaden unde leit. Freidank 108, 7.
Gewonheit ist diu ander natûre. Haslau 1165 [1]).
Natûre unde gewoneheit
der beider kraft ist harte breit. Freidank 111, 4.
Gewonheit wirt nimmer laz,
si grîfet vür natûre. Krone 1519.
Vergl.: Gewohnheit ist die andere Natur. K. 2653. S. 3633.

GLEICH.

Als ein sprichwort, daz dâ stât:
swâ gelîch sîns gelîchen hât,
dâ sîn beidiu wolgemuot. Teichner 31 [2]).
Vergl.: Gleich bei Gleich macht langen Frieden. K. 2692. S. 3689. Gleichheit macht Freundlichkeit. S. 3690.

---

[1]) H. Zeitschr. VIII, 584. [2]) Denkschriften VI, 107.

In allen rîchen
vint man niht zwei gelîchen. Hohenfels [1]).

GLOCKE.

Gespalten glocke hât bœsen dôn. Renner 3856.
Vergl.: Gespaltne Glocke hat bösen Klang. K. 2708. S. 3708.
Diu glocke muoz den klüpfel hân,
sol si grôzen dôn begân. Freidank 126, 15.
Ein glock on klüpfel gibt nit thon,
ob daz jen hangt eyn fuchszschwantz schon. Narrenschiff 43, 25 u. Coment. 376a.
Vergl. S. 3712.

GLÜCK.

Gelücke daz ist sinwel, dicke alsam ein bal. Gudrun 649, 2.
Gelücke ist sinewel als ein bal. Freidank 114, 27.
Si sprach: gelücke ist sinewel. W. Willehalm 246, 28.
Gelücke die sint sinewel. Spervogel [2]).
Daz sprichet: gelücke ist sinewel. Heinzelin Ml. 1999.
Sælde diu ist sinewel
und walzet umb als ein rat. Übel Weib 241.
Gelückes rat ist sinewel. Reim. Zw. 91 [3]).
Vergl.: Das Glück ist kugelrund. K. 2720 u. 2722. S. 3713—3715.
Wan hæt ich zuo der stæte pfliht,
so hiez ich ouch gelücke niht. Frauenlob Spr. 116, 13.
Gelücke ist gar ein wildez lôz,
daz dicke walzet an und abe. Troj. Kr. 18400.
Swer hiute sitzet ûf dem rade,
der sîget morne drunder. Troj. Kr. 18406.
Gelücke ist rehte als ein bal,
swer stîget der sol vürhten val. Freidank 115, 27.
Hie sigen diu mit dem rade nider,
sô stigen diu andern ûf wider:

---

[1]) MSH. I, 207a.
[2]) Pfeiffer S. 76.
[3]) MSH. II, 193b.

sus gie ez umbe an der stat.
Daz was des gelückes rat. Wigalois 31, 20.
Fortûna di ist sô getân:
ir schîbe lâzet si umbegân;
si hilfit den armen, sô si wile,
den rîchen hât si ze spile;
umbeloufet ir rat,
dicke vellet, der dâ vaste saz. Alexanderlied 3261.

Vergl.: Das Glücksrad geht um. S. 3749.
Das Glücke gleicht dem Balle,
Er steigt zum Falle. K. 2737 u. ähnl. bei S. 3721—3728. Über Glücksrad s. Haupt's Zt. VI, 134—149. Grimm Mithol. 826. — Beschreibung dieses Rades Krone 15830. Eine bildliche Darstellung des Glücksrades auf der Ruine Lichtenberg in Tirol. —

Ouch siht man wol, wie schiere glücke strûchet. Frauenlob Spr. 292, 15.

Gelück ist guot für ungevell. Wolkenstein XLVIII, 1, 3.

Gelücke ist zallen dingen guot. Liv. Chron. 6980.

Diu sælde dringet für die kunst. Spervogel [1]).

Vergl.: Glück geht über Witz. K. 2795. S. 3758.

Nicht verzag
geluck kompt alle tag. Fastnachtsp. 1457, 53.

Vergl.: Glück kommt alle Tag,
Wer warten mag. K. 2804. S. 3719.

Er mac vil lîhte witze hân,
dem ez nâch sælden sol ergân. Colm. 121, 1.

Beschaffens glück ist unversaumpt. Ambr. Lb. 197, 1.

Beschaffens glück kompt uber nacht. Ebd. 197, 9.

Vergl.: Beschaffen Glück ist unversäumt. K. 2788. S. 3789. Das Glück kommt über Nacht. K. 2724. S. 3718.

GNADE.

Genâde ist bezzer, denne reht. Heidin 923 [2]).

Vergl. K. 2820. S. 3821.

---

[1]) MSF. 21, 29. [2]) HGA. I, 413.

GOLD.

Er iruolte daz altsprochene wort,
ia ist geschrieben dort
under schônem schade luzet:
iz enist nicht allez gold daz da glizzit. Pf. Konrad 71, 14.
An im erfulte der mort
daz altsprochene wort,
daz da sprichet, daz vil schœne sî,
dâ lûze dicke schade bî;
ez ensî ouch allez golt niht,
daz man doch glîzen siht. Strickers Karl 2500.
Vergl.: Es ist nicht alles Gold, was glänzt. K. 2823. S. 3830.
Er ist an guden witzen laß,
der golt wirfet in das salzfaß. Morolf. II, 251.
Die meisten jehent, swenne so in einer arke ist niht,
swem daz geschiht,
daz er ez alsô siht,
und ouch vür ein wârheit giht,
der vindet in dem lufte golt; des wil ich haben deheine pfliht. Marner[1]).
Ûzen golt und kupfer inne
betriuget tumber liute sinne. Renner 6743.
Kupfer und Gold wird als Gegensatz oft gebraucht z. B.
Du bist gewinnunge holt
und gîst doch umbe kupfer golt. W. Gast 8121.
Valsch schœniu wîp man ahten sol
ze kupher überguldet wol,
daz an im lützel goldes hât. Ebd. 959.
Ir habet mir gegen golde
kupfer unde blî gewegen. Engelhart 3705.

GOTT.

Got gît sîn gâbe, swem er wil. Marner[2]).
Got gap ie gebender hende rât. C. v. Würzburg[3]).

---

[1]) MSH. II, 248b.
[2]) MSH. II, 249a.
[3]) MSH. II, 324b.

Er (got) gît dem einen sin,
dem andern den gewin. Walther W. 170, 4. L. 122, 9.

Vergl.: Was Gott nicht am Gut gibt, das gibt er am Muth. K. 2867. Gott gibt nicht einem alles. S. 4002.

Got die sînen nie verlie. Mai 205, 31.

Got getriuwen lîp noch nie verliez,
ern machet ende guot. Wartburgkrieg 209 [1]).

So soltu wizzen wol vür wâr,
daz got den sînen nie verlie. Winsbeke S. 63 [2]).

Und sol sîn got von himele phlegen,
der edeler herzen nie vergaz. Trist. 44, 30.

Der uns wizze hât gegeben,
der behüet uns êr und leben:
swer sâ sich an in lât,
deme nie niht missegât. Laurin 1329.

Vergl.: Gott verlässt die Seinen nicht. S. 3863.

Daz waz ein sprichwort manec zil:
swer sich went guoter dinge,
sô hilft ims got volbringen. Teichner 31 [3]).

Swer herzenlîche minnet got,
der ist behalten hie und dort. Wigalois 293, 25.

Wer dâ hofft in got
der hât kain forcht noch nôt. Vintler 7296.

Vergl.: Wer baut auf Gott,
Fürcht't keinen Tod. K. 2841.

Got siht den muot
baz dan daz der man getuot. W. Gast 4700.

Vergl.: Gott sieht mehr auf den Willen, als auf's Werk. Tirol. Sprichw.

Gote dienen âne wanc
deist aller wîsheit anevanc. Freidank 1, 5.

Wan der rehte wîstuom ist
got dienen zaller vrist. W. Gast 11795.

Aller wîsheit anevanc
ist gotes vorhte sunder wanc. Helbling VII, 1.

---

[1]) Simrock.

[2]) MSH. I, 369a.

[3]) Denkschriften VI, 107.

Vergl.: Gottesfurcht ist aller Weisheit Anfang. S. 3977. K. 2963.

Nu ergienc diz sprichwort, als ich las:
wem got wol, dem nieman übel. Freiberg's Trist. 3192.

Vergl.: Wem Gott wohl will, dem will St. Peter nicht übel. K. 2860.

Swie rein er sî und swie guot,
wer weiz waz got mit im tuot. Klage 569.

GRUBE.

Vil dicke er selbe drinne lît,
der dem andern grebt die gruoben. Spervogel [1]).
Im selben gruobet dicke ein man
und wænt eim andern gruobet hân. Boner 6, 33.
Iz begegenit allinthalbin
dicke dem man,
swaz he dan hât getân:
die grove hetich gegravin,
ich muoz dar selve in varin. Roth. 4473.
Wer ain grueb dem andern macht,
der vellt selb darein vnbedacht. Vintler 3347.
Effodit foveam vir iniquus incidet illam. lib. sent. [2]).

Vergl.: K. 3005. S. 4065.

GRÜN.

Rechte zeit macht grunen ein iglichs kraut. Fastnachtsp. 744, 11.
Und kumbt gar kum vff grůnen zwig. Narrensch. 83, 9.
Sie mögent niemer begrünen oder vff grienen zweig komen. Geiler, turb. 24. B. 7.

GUT.

Daz guot mac wol heizen guot,
dâ man mite rehte tuot. Freidank 56, 13.
Sol daz heizen guot, daz niemen hie ze guote kumt? Marner [3]).

---

[1]) MSF. 22, 29.
[2]) H. Zeitschr. VI, 304.
[3]) MSH. II, 248b.

Waz sol daz guot, daz schaden tuot? Renner 6409.
Vergl.: Gut ist gut,
Wenn man gut mit ihm thut. K. 3083. S. 4136.
Guot ân êre ist enwiht. W. Gast 1573.
Des argen guot, des gouches loup
zergênt beidiu sam ein stoup. W. Gast 7329.
Guot sol man behalten
und dâ bî êren walten. Meleranz 57.
Swer rîchet an dem guote,
der armet an dem muote. Freidank 56, 11.
Mit dem guote wehset girescheit,
erge, vorht, sorge, müe, leit. W. Gast 8139.
Niht verkêrt die werlt sô sêre,
als wîp, wîn, schatz und werltlîch êre. Renner 6385.
Êr unde guot
verkêret muot. Frauenlob Spr. 43, 1.
Daz guot machet dicke unguot. W. Gast 3459.
Sanfte gewunnen guot
machet üppigen muot. Freidank 56, 21.
Vergl.: Gut macht Übermuth. K. 3055 u. ähnl. K. 3056 u. 57.
Ez vichtet manger umb daz guot,
daz im vil grôzen schaden tuot. Boner 49, 91.
Vil guot ist eigen gemach. Spervogel [1]).
Guot ist guot swer daz hât. Meleranz 45.
Man sol nâch guote werben,
sam nieman sül ensterben,
und sol ez dann ze rehte geben,
sam nieman sül ein wochen leben. Freidank 58, 1.
Vergl.: ross unde kleider daz stoup in von der hant,
sam si ze lebene hêten mêr deheinen tac.
Nib. 40, 2.
Swer ze guote wirt geborn, dem kumt bî troume im slâfe guot. Marner [2]).
Swer nieht ze gûte wirt geborn,
der mûz gûtes âne sîn. Marienlegende 319 [3]).

---

[1]) MSF. 26, 35.
[2]) MSH. II, 248b.
[3]) Bartsch md. Ged. 10.

Swer nû guot hât, der hât êre. Renner 8176.
Diz guot ist mînez unde wilz ouch eigentlîche hân. Hardegger [1]).
Swâ von den guoten guot geschiht,
daz dunket die bœsen gar enwiht. Wigalois 7, 34.

HABEN.

Man sprichet: swer selb etewaz hât, daz sî guot für den zorn. Colm. 104, 25.
Swer selbe iht hât, daz ist im guot weiz got für zorn. Schulm. v. Esslingen [2]).
Was der man nit haben sol,
das tuot ein reys im zerren ab. Hätzl 54a.
Swer nien hât, dem nimt man niht. W. Gast 2659.
Vergl.: Wer nichts hat, dem entfällt nichts. S. 4388.
Wer nichts hat, was kann der verlieren? S. 4389.

HACKEN.

Swaz zeime haggen werden sol,
daz krümbet sich vil vrüeje. Troj. Kr. 6400.
Merket wol, ez krumbet vruo, swaz zeinem haggen werden wil. Marner [3]).
Man giht, swaz werden welle ze hage krümbe sich bî zîte. Frauenlob Spr. 125, 6 [4]).
Vergl.: Was ein guter Hacken werden will,
Krümmt sich bei Zeiten. K. 3150.
Solls einen guten Haken geben, wirds bei Zeiten krumm. K. 3151.

HAHN.

Nie man sô hôhen muot getruoc,
ern hete an eime wîbe genuoc.
so weiz der hane bezzer hân,
dem sint zwelf hennen undertân.

---

[1]) MSH. II, 135a.
[2]) MSH. II, 138a Colm. 157, 6.
[3]) MSH. II, 251b.
[4]) HSH. II, 222a.

daz er der zwelfer meister ist,
daz gât für Salomônes list. Freidank 144, 11.
Hêr han, daz iuch iuwer vrümekeit nert,
dast iuwer heil, wan ir meistert zwelf hennen. Reim. Zw. 104 [1]).

Vergl.: Ein Hahn zwingt zwölf Hennen, ein Weib halb so viel Männer. S. 4225. K. 3145.

HAMMER.

„Daz mir, daz dir" sprach der hamer zuo dem ambôz. Diutisca I, 324.

Der hamer und der ambôz
hânt vil herten widerstôz. Freidank 130, 22.

Vergl. K. 3160. S. 4245.

HAND.

Den sperwer unt daz hebechlîn
mit blôzer hant mac niemen vân,
er müeze ein luoder drinne hân. Heinzelin Ml. 474.

Vergl.: Mit leeren Händen fängt man keinen Falken. S. 4263. Mit leerer Hand ist schwer Vögel fangen. S. 4264. K. 3176.

HANF.

Wâ mit hanf geziunet ist,
der zûn zergât in kurzer vrist. Boner 75, 35.

HARFEN.

Doch volg ich der alten lêre:
ich enwil niht werben zuo der mül,
dâ der stein sô riuschent umbe gât
und daz rat so mange unwîse hât.
merkent wer dâ harpfen sül. Walther L. 65, 12. W. 27, 12.
Swaz ich ir gesinge, deist gehärpfet in der mül,
sî verstêt es ninder wort. Neidhart 69, 38.
Ez ist bœse harpfen in der mülen. Morolf II, 345.

---

[1]) MSH. II, 196a.

Mich dunket niht, daz ieman süle
ze lange harpfen in der müle. Freidank 126, 27.
Jâ möhte man eine harfen,
als ich mich rehte kan verstân,
noch minner dâ vernommen hân,
wan in der rûschenden müln. Freibergs Tristan 2188.
Niht guot ist ze gîgen
in der müln gedœze. Helbling III, 192.
Niht guot ist herphen in der mül. Helbling IV, 814.

HASE.

Man sprichet: „den hasen vienc der man“
sô hât ez lîhte der hunt getân. W. Gast 7973.

HAUPT.

Vil lîhte er schaden schouwet,
der über houbet houwet. Freidank 126, 22.
Swer gerne ie über houbet vaht,
der mohte deste wirs gesigen. Winsbeke 33, 3.
Man seit, swer von der erden
hôhe über sich houwet,
unheil in lîhte betouwet. Fragm. 44b.
Swer über houbet houwen wil,
der mac nicht lange tûren. Livl. Chronik 3084.
Swer über houbet vihtet dem rîsent spæne in sînen buosen.
Amgb. 44b.
Swer über houbet væhet, daz enist niht guot. Frauenlob
Spr. 443, 5.
Wer aber sich vil howen wil
dem fallen spæn in die ougen vil. Narrenschiff 19, 77.

Vergl.: Wer uber sich hawt, dem fallen die spen in die augen. Schöpf's Nas. S. 70. u. Coment. zum Narrenschiff S. 336b.

Wenne sô daz houbet siechet, so ist al dem lîbe wê. Stolle [1].
Wann siecht das haubt durch plœden wanck,
die glider werden alle kranck. Wolkenstein XXVI, 209.

---

[1]) MSH. III, 5b.

Vergl.: Wenns Haupt krank ist, trauern die Glieder. K. 3286. S. 4401.

HEBEN.

Wan wir hœren wîse liute sagen,
swer hebet, daz er niht mac getragen,
der muoz ez lâzen under wegen. Reinhart 801.
Wer hebt daz er niht mac getragen, daz muoz er vallen lân. Colm. 20, 28.

HEHLEN.

Swâ ein diep den andern hilt,
da enweiz ich weder mê stilt. Freidank 46, 22.
Wan der dâ verhilt der ist ein dieb als wol jener,
der dâ stilt. Berthold I, 217, 6.
Noch schuldiger ist jener, der dâ hilt,
denn iener der mit sorgen stilt. Renner 4021.

Vergl.: Der Hehler ist schlimmer als der Stehler K. 3356. S. 4484. Hehler sind Stehler. K. 3357. S. 4485.

HEIMLICHKEIT.

Toub liut und kint und trunken man
mügent kein heimlicheit behân. Boner 97, 89.

HELFEN.

Swer im selben hilfet niht,
der blîbet gar ein bœsewiht. W. Gast 5223.

HENNE.

Swann danne ein huon gelegt, sô trîbt ez grôzen braht. Colm. 67, 15.

Man siht in selten vil getuon
swer sîn lop machet breit.
daz kan betiuten uns ein huon:
swann daz ein kleinez ei geleit,
sô bringt ez mit sîm gagzen klaffen dicke ein wîtez hûs in nôt. Colm. 97, 6.

Vergl.: Hat die Henne ein Ei gelegt, so gackert sie. S. 4567.

HERD.

Est dictum verum, privata domus valet aurum.
Mone Anz. VII, 504.

Vergl.: Eigner Herd
Ist Goldes wert. K. 3425.

HERR.

Nieman der ze hêrren zimt,
der sîn guot ze hêrren nimt. Freidank 56, 15.
Swer sînem guot niht herschen kan,
der ist der phenning dienstman. W. Gast 2819.
Herren hult enerbet niht. Diutisca I, 324.
Swann dich dîn herre lachet an, sô lâz dir sîn gedröuwen.
Colm. 157, 17.
Ridenti domino nec coelo crede sereno,
ex facili causa dominus mutatur et aura. Mone Anz. VII, 507.
Vergl.: Herrengunst vererbt sich nicht. K. 3447.
Herrengunst, Frauenlieb und Rosenblätter,
Verändern sich wie Aprilenwetter. K. 3448. und ähnl.
K. 3449—51.
Ein herre, der sîn selbes ist,
an dem lît trôst, unt rîch genist. Frauenlob Spr. 72, 13.
Vergl.: Wohl dem, der mit Gott und Ehren,
Sich ohne Herren kann ernähren. K. 3435.
Wenn vür bricht der herren zorn,
sô sint die armen gar verlorn. Boner 35, 25.
Swer zwein herren dienen sol,
der bedarf gelückes wol. Freidank 50, 8.
Hânt zwêne hêrren einen kneht,
er dienet bêden selten reht. Freidank 50, 7.
Er bedarf unmuoze wol,
swer zwein herren dienen sol. Hartmann Büchl. II, 193.

Zwein ein man
niht dienen kan. Hohenfels [1]).
Der zwein herren dienet wol,
daz siz beide müezen hân
verguot, der muoz vil vrüe ûfstân. Boner 44, 40.
Und wer zbain herren dienen sol
und die ungunstlîch sein in ayn,
zwâr der bedarff gelückes wol,
das er sein dienst nutzlîchen lain. Wolkenstein XXII, 1, 15.
Nemo potest digne dominis servire duobus. Mone Anz. VII, 505.
Zweyen herren nicht kan dienen ich. Ambras. Lb. 28, 6.

Vergl.: Ich sihe wol, daz dem keiser und den wîben mit einander niemen dienen kan. Rûte [2]) und K. 3480. S. 4618. und Narrenschiff Com. 377.

Ein wort daz ist in al gemeine wol bekant:
missetuot ein herre, seht, man sprichet ze hant,
sîn rât der habe die bôsheit in gelêret. Hinnenberger [3]).

HERZ.

Daz herze weinet manege stunt,
sô doch lachen muoz der munt. Freidank 32, 15.

Vergl.: mit lachendem munde
truobetn im diu ougen. Iwein 2964.

Oft lacht der Mund, wenn das Herz weint. S. 7159.

Swar ie des mannes herze stât,
dâ ist der hort, den er dâ hât. Freidank 56, 7.
Des menschen herze ist zaller zît,
swâ sîn schatz verborgen lît. Freidank 147, 11.
Êst ein alt gesprochen wort:
swâ dîn herze wont, dâ lît dîn hort. Winterstetten [4]).
Swâ des menschen schaz lît,
dâ ist daz herze alle zît. Martina 129, 73,
Swâ dîn hort ist, dâ sint dîne sinne. MSH. II, 277ᵃ.

---

[1]) MSH. I, 207ᵃ.
[2]) MSF. 116, 22.
[3]) MSH. III, 40ᵃ.
[4]) MSH. I, 159ᵇ.

Vergl.: Wo dein Herz wohnt, da liegt dein Hort. S. 4682.

HEUTE.

Hiute freude, morgen leit. Parz. 103, 24.
Hiute liep, morgen leit. Lichtenstein 287, 31.
Hiute liep, morne leit,
deist der werlde unstætekeit. Freidank 31, 16.
Deist hiute liep und morne leit. Colm. 95, 84.
Hiute liep, morgen leit
daz zimt niht rehter stætekeit. Docen. Misc. 2, 177.
An dirr welt ist kein stætekeit:
waz hiut ist liep, dast morne leit. Boner 75, 49.
Swaz hiute ganze liebe ist, daz ist morne leit. Colm. 55, 11.
Was heut ist lieb, wird morgen leid. Ambras. Lb. 28, 15.
Wir hân niht gewisses mê,
wan hiute wol und morne wê. Arm. Heinrich 713.
Hiute riuwe, morgen vrô. Parz. 548, 8.
Hiute süez, morgen sûre. J. Titurel 1070, 4.
Hiute frî und morgen mannes eigen. Ebd. 1688, 3.
Hude bist gesont, morgen bist siech. Muscatblut 88, 87.
Dâ ist mir, frowe, daz bekant,
der hiute wol gesunder gât,
daz man des morgen niht enhât. Bitterolf 426.
Hiut ist er arm, der ê was rîch;
daz glücke rat louft ungelîch. Boner 75, 45.
Hiute ist regen und morgen wint. W. Gast 2157.
Hiute sumer, morne winder. Colm. 118, 14.
Der hiute in swebenden fröiden swebet an allen sachen,
der mac sîns herzeliebes lîht des morgens niene erlachen.
Singenberg W. 218, 7.

Vergl.: Heute Freude, morgen Leid. — Heute Blume, morgen Heu. — Heute reich, morgen eine Leich. — Heute Herr, morgen Knecht u. ähnl. K. 3520—28. S. 4707—4718.

Êst hiute mîn, morne dîn:

sô teilet man die huoben. Spervogel [1]).
Vergl.: Heute mein,
Morgen dein,
So theilet man die Huben. S. 4607.
Hiute lieber, denne gester. Heidin 1337 [2]).
Vergl.: Besser heut als morgen. S. 4723. K. 3538.

HOCHFAHRT.

Hôchvart stîget manegen tac,
unz si niht hœher komen mac:
sô muoz si nider vallen. Freidank 28, 23.
Durch hôchvart maneger vellet,
der sich zuo ir gesellet. Freidank 30, 1.
Unmâze und hôchvart
die müezen dicke vallen hart.
Swer hôhe vert zaller zît,
wizzet, daz er nider lît. W. Gast 10635.
Ze hôhe niemen varn sol:
der vetich hât ein man niht
die im ze vliegen helfen iht,
dâ von muoz er vallen hart
nider von sîner hôchvart.
Swenn man ie hôher varn mac,
sô man ie nimt grœzern slac,
wan man nimt ouch grœzern val;
daz geschiht über al. W. Gast 11852.
Hoffart dem mentschen angesiget,
des kumpt er zuo dem vallen. Muscatblut 87, 11.
Wer hœher steigt ân widerhab,
wer mag des nit, vellt er herab. Wolkenstein CXVII, 3, 9.
Qui petit alta nimis, retro lapsus ponitur imis. Mone Anz. 7, 507. Lib. sent. 37.
Ich sach ie, swer ze hôhe strebt,
daz er dar nâch mit schanden saz. Spervogel [3]).

---

[1]) MSF. 22, 29.
[2]) HGA. I, 424.
[3]) Pfeiffer 77.

Wer sich von hôchvart übertreit,
wirt der ze spot, wem ist daz leit. Boner 69, 43.
Vergl.: Hochmuth kommt vor dem Falle. S. 4797. K. 3584. Wer hoch klimmt, der fällt hart. S. 4787.
Armiu hôchvart deist ein spot. Spervogel[1]).
Armiu hôchvart ist ein spot,
rîche dêmuot minnet got. Freidank 29, 6.
Mich wundert armiu hôchvart, und ist alter man unwîs. Marner[2]).
Vergl.: S. 503—505.
Hôchvart twinget kurzen man,
daz er muoz ûf den zehen gân. Freidank 29, 22.
Vergl.: Hoffart zwingt den kleinen Mann,
Dass er muss auf den Zehen stahn. K. 3605.
Den hoffart nie gut hat getan. Ambras. Lb. 217, 104.
Vergl.: Hochmuth thut nimmer gut. S. 4796.

HOCHMUTH.

Unrehter hôchmuot
dem manne lîhte schaden tuot. Erec 1229.
Er (got) nidert hôch gemüete
und hôhet alle güete. Wigal. 167, 7.
Got hoehet alle güete
und nidert hôchgemüete. Freidank 2, 5.

HOFFNUNG.

Gedinge fröwet manegen man,
der doch nie herzeliep gewan. Freidank 135, 2.
Gedingen freuet mangen krist,
und der nie hertzenlieb gefreit. Wolkenstein XXII, 5, 10.
Gedinge uns grœzer fröude gît,
danne uns gebe diu sumerzît. Freidank 135, 4.
Vergl.: In Hoffnung schweben
macht süsses Leben. K. 3628. S. 4869.

---

1) Pfeiffer 84.

2) MSH. II, 251a.

HOLZ.

Dürrez holz machet rost. Krone 7311.

HONIG.

Des honges süeze verdriuzet,
sô mans ze vil geniuzet. Freidank 55, 13.
Vil honiges gezzen enist nit gût. Morolf II, 250.

Vergl.: Honig essen ist gesund; zuviel macht speien. K. 3667. Wer viel Honig schluckt, muss viel Wermuth schlucken. K. 3668. S. 4930.

Daz süeze honec ist bitter
einem jegelîchen man,
der ez niezen niene kan. Gregor 1332.
Nû seht, daz honc, swie süeze ez sî,
da ist doch lîhte ein angel bî.
Des honges süeze wære guot,
wan daz sîn angel wê tuot. Freidank 55, 15.

Vergl.: der Honig ist nicht weit vom Stachel. S. 4927.

In sîme süezen honege lît ein giftig nagel. Walther W. 44, 2. L. 29, 12.

Wan der treit alle stunde
daz honec in dem munde,
daz eiter, dâ der angel lît,
dâ blæt der eiterîne nît
dem vriunde misselinge
an iegelîchem dinge,
daz er gehœret unde gesiht
und enhüetet niemen vor im niht. Tristan 378, 23.
Ir wort hânt honges süezekeit,
ir werk der gallen bitterkeit. Boner 33, 39.
Ûzen hönik und innen gall. Suchenwirt XXIV, 238.
Sîn giftge zunge ist ûzen honic. Renner 7276.
In honec biute ich gallen. Frauenlob Spr. 253, 9.
Ich hœre, ich spür
gall in des honiges list. Ebd. 292, 13.
Daz honec dâ in gallen rin. Ebd. 42, 18.

Mir grûset sô mich lachent an die lechelære,
den die zunge honeget und daz herze gallen hât. Walther
W. 45, 10. L. 30, 12.

Iz ist ein êwiclîcher val
swer daz honic bûtet dar,
dâ der angel scharf vor wâr
inne lît vorborgen. Marienlegende 35 [1]).

Manic zunge sprichet süeziu wort, dâ doch der angel stichet
dar. Wernher [2]).

Vergl.: Honig im Mund, Galle im Herzen. S. 4921. K. 3669. Honigrede ist nicht ohne Gift. K. 3678. — Honig mit Galle und Angel kommt in sprichwörtlichen Redeweisen sehr oft vor, z. B.:

Als der zuo der gallen
sîn süezez honec giuzet. Iwein 1580.

Alsam was in gevallen
daz honic zuo der gallen. Gregor 285.

Dâ ist ein bitter galle bî,
du ir süeze überziuhet. Krone 17204.

Und machte zeiner gallen
daz vil honicsüeze spil. Engelhart 3186.

Ir honec ist worden zeiner gallen Walther W. 17, 1.

Und mir in honege Walther gap den gallentranc. Wartburg-
krieg Str. 121.

Ir süeze diu wart zeiner bittern gallen. Ebd. Str. 177.

Diu galle was ie bitter doch,
swaz man honiges dar ûf streich. Frauenlist 347.

Sus birget in diu minne
den angel in ir süezekeit. Troj. Kr. 17274.

In dîner spîs lît gallen vil. Boner 27, 17.

Ein angel dîn spîse treit. Boner 27, 27.

Ê wolt ich gebüezen,
ob smers vluz wære galle gar, mit honec ez übersüezen.
Frauenlob Spr. 170, 10.

---

[1]) Bartsch md. Ged. S. 2. [2]) MSH. II, 228 b.

HORCHER.

Ez hœrt ein lûzenære
vil dicke leidiu mære. Freidank 118, 25.
Vergl.: Der Horcher an der Wand
Hört seine eigne Schand. K. 3681. S. 4937.

HUND.

Man sol hunde umb ebers houbet geben. Parz. 150, 22.
Vergl.: Man soll Hund um Eberköpfe geben. S. 4985.
Wenn der hunt scheißt, sô kan er nit peln. Fastnachtsp. 528, 2.
Vergl.: Wenn der Hund hofiert, so kann er nicht bellen. S. 4989.
Grînunden hunt der nie gebeiz
sult ir harte vürhten niht. Helbling VIII, 544.
Nemo canem timeat, qui non lædit nisi latret. Mone Anz. VII, 505.
Vergl.: Bellende Hunde beissen nicht. S. 5002.
Lass die Hunde bellen, wenn sie nur nicht beissen. K. 3732. S. 5006.
Swer altem hunt ein bant an leit,
der verliust sîn arebeit. Freidank 109, 26.
Est annosa canis vix assuefacta catenis. Lib. sent. 13.
Vergl.: Alte Hunde sind schwer bändig zu machen. K. 3758.
Manec hunt vil wol gebâret,
der doch der liute vâret. Freidank 138, 9. Carm. bur. CCIV, 3.
In foribus propriis canis est audacior omnis. Mone Anz. VII, 505.
Vergl.: der Hund ist tapfer auf seinem Mist. S. 5023. K. 3746.
Den slafenden hunt sal nymant wecken. Morolf II, 439.
Vergl.: Schlafende Hunde soll man nicht wecken. S. 5030.
Der hunt hât leder gezzen,

sô man dienstes wil vergezzen. Freidank 138, 17. Carm. bur. CCIV, 15.

Als man den hunt henken wil, sô hât er leder gezzen. Diutisca I, 324.

Swen man den hunt wil henken,
man spricht, er sî ein ledervrâz. Frauenzucht 308 [1]).

Vergl.: Wenn man den Hund schlagen will, so hat er Leder gefressen. S. 5034. K. 3745.

Daz zwêne hunde ein bein nagen
ân grînen, hœre ich selten sagen. Freidank 138, 13.

Bî dem beine hazzet hunt gesellen. Marner [2]).

Vergl.: Zwên hunde striten umbe ein bein.
dô stuont der bœser unde grein.
waz half in al sîn grînen?
er muostez bein vermîden.
der ander der truogez
von dem tische hin ze der tür:
er stuont ze sîner angesiht und gnuogez. Spervogel [3]).

Zwei Hund an einem Bein
kommen selten überein. S. 5036. K. 3781, 4114.

Ez ist einem hunde leit,
daz der ander in die kuche gât. Diutisca I, 324.

Vergl. S. 5040. K. 3755.

An fremden hunden wirt gar oft vil gûter tât verloren. Müglin F. IV, 18.

Eins rindes schenkel næme ein hunt
für rôtes goldes tûsent pfunt. Freidank 138, 3.

Eim hunde lieber ist ein bein,
denn ein pfunt, daz gloube mir. Boner 1, 31.

Einen man hungerte manche stunt,
der gieng und koufte einen hunt. Morolf II, 410.

Vergl.: Einen Mann hungerte manche Stund:
Er gieng und kaufte sich einen Hund. S. 5069.

---

[1]) HGA. I, 49. Liedersaal 148. 468. [3]) MSF. 28, 6.
[2]) MSH. II, 238b.

An hundes hinken, frawen wainen und krâmer schweren,
dâ darff sich kain man an kêren. Fastnachtsp. Nachl. 329, 25.

Vergl.: An der Hunde hinken,
An der Huren winken,
An der Weiber Zähren,
Und der Krämer Schwören
Soll sich Niemand kehren. S. 5070. K. 3779.

Man sol streichen vârnden hunt,
daz er iht grîne zaller stunt. Freidank 138, 7.

Stillen sol man fraidigen hund,
daz er nicht grein zuo aller stund. Wolkenstein XXII, 5, 5.

Mit zagel weiget sumelich hunt vriuntlîchen âne mâze,
der mich doch unverschuldes wîlen gerne bizze;
den muoz ich streichen, daz er sîner bôsheit mich erlâze;
er wænet, daz ich sîner schalcheit niht enwizze. Rumelant [1])

Ez wirt vil selten hirz erjeit
mit slâfendem hunde. Wigalois 77, 19. K. 3767.

Ich hœre sagen, swer gerne jaget, daz er den hunden liebe tuot. Wernher [2]).

Ein hunt lebt als ein hunt. Morolf II, 322.

Der hunt wirt zu wîlen geschlân
umb daz der lebe hât getân. Morolf II, 228.

Gienge ein hunt tûsent stunt
ze kirchen, er wær doch ein hunt. Freidank 138, 5. Carm. bur. CCIV, 2.

Bî hunden und bî katzen
was bîzen ie und kratzen. Freidank 138, 15.

Vergl.: Sie leben wie Hund und Katze. K. 3785.

Bî argen hunden hœrt man argez schallen. Colm. 20, 21.

Ossis jactura non est canibus nocitura. Mone Anz. VII, 505.

HUNGER.

Der hunger ist der beste koch,
der ie wart oder wirdet noch. Freidank 124, 17.

Der hunger was ir beider koch. Wigamur 1070.

Vergl.: S. 5082. K. 3804.

---

[1]) MSH. III, 57b. [2]) MSH. II, 228b.

Der hungir ist ein scharfis swert. Ritterspiegel 3769 [1]).
Vergl.: S. 5101. — K. 3790.

Sô satez kint niht ezzen mac,
sô bittert ime des honges smac:
swem aber wê der hunger tuot,
den dunket sûriu spîse guot. Freidank 125, 1.
Vergl.: dem hungrigen Bauch schmeckt Alles wohl. S. 5087 und 5088. und K. 3805—3808.

Zwâr ez wart nie kein kristen sô guot,
swenne er hungert, erst vil ungemuot. Oswald 817 [2]).

HUTH.

Huot macht muot. Mone Anz. I, 261.

Unrehtiu huote
kumt selten ze guote. Freidank 101, 11.

Swer sich selben hüetet wol,
der hât getân daz er sol. W. Gast 4041.

Waz hilfet elliu huote?
Wan daz man niht behalten sol,
daz verliuset sich wol. Iwein 3675. S. oben Frau.

JÄH.

Gâher muot wirt lîhte betrogen. Krone 3819.

Unrehtiu gæhe nieman wonet, ern müeze ir dicke engelten,
guoter gebite brâst noch ie mit schœnen zühten selten.
Spervogel [3]).

Unrehtiu gæhe schaden tuot,
reht gebite diu ist guot. Freidank 116, 21.

Vergæhen dick schaden geit. Hätzlerin 137^{b}.

Ze gâch vil afterriuwe. Frauenlob Spr. 270, 13.
Vergl.: Vorgethan und nachbedacht
Hat manchen in gross Leid gebracht. K. 7972.

Sô kumt dir gar daz sprichwort wol,
daz muotes alze gæher man

---

[1]) Bartsch md. Ged. S. 202.
[2]) Ettmüller.
[3]) Pfeiffer 51.

vil trægen esel rîten sol. Winsbecke 33, 8.
Swer gæhe ist zallen zîten,
der sol den esel rîten. Freidank 116, 25.
Si fueris vehemens, asinum conscendere vites,
non asini lenti vectura valet vehementi. Mone Anz. VII, 506.
Debet homo lentum vehemens equitare jumentum. Narrensch. Com. 370ᵃ.

Vergl.: Hastiger Mann soll trägen Esel reiten. S. 4384.
Ein Jäher soll Esel reiten. K. 3901 und 5159.
Man sol auch nicht sein ze gâch,
wan die gâch wüstet gar vil sach. Vintler 7254.

JAHR.

Je langer sô bœser jâr. Meleranz 24.
Ander jâr, ander guot. Haslau 492 [1]).
Die wîsen jehent und ist ouch wâr,
daz kein unmâze nie gewerte drîzec jâr. Rinkenberc [2]).
Kein unvuog weret drîzig jâr. Boner 55, 68.
Sun, drîzic jâr ein tôre gar,
der muoz ein narre fürbaz sîn. Winsbecke 37, 1.

Vergl.: K. 3919. S. 5198.
Nieman ritter wesen mac
drîzec jâr und einen tac,
im gebreste muotes,
lîbes oder guotes. Walther L. 88. Anm. p. 201.
Nieman ritter wesen mac,
drîzec jâr und einen tac,
im gebreste guotes,
lîbes oder muotes. Freidank 57, 6.

Ueber dreissig in sprüchwörtl. Redensarten s. Mhd. Wb. I, 390ᵇ.

JAMMER.

Wan jâmer ist unser urhap,

---

[1]) H. Ztschr. VIII, 565. [2]) MSH. I, 333ᵇ.

mit jâmer kom wir in daz grap. W. Willehalm 280, 17.
Jâmer herzen sêre tuot. Landec [1]).

JEDER.

Ein iegelîcher ist im selber holt. Renner 5665.
Vergl.: Jeder ist sich selbst der Nächste. K. 3952. S. 5220.

JUGEND.

Jugent hât vil werdekeit,
daz alter siuften unde leit. Parz. 5, 12.
Lâz dich an jugent prîsen,
wilt dû in tugent grîsen. Frauenlob Spr. 347, 7.
Swâ diu jugent niht vreude gert,
dâ ist êre ûz phade gedrungen. Neidhart 34, 17.
Vergl.: Die Jugend muss sich vertoben. K. 3990.
Swer an unzuht sîn jugent wendet,
der hât sîn alter gar geschendet.
swer alter wil mit êren leben,
der sol nâch êren junger streben.
man læt vil selten di untugent,
was man dran stæte in der jugent. W. Gast 161.
Er lerne zuht in sîner jugent,
sô kan ers in dem alter wol. Haslau 248 [2]).
Vergl.: Der Jugend Lehre
des Alters Ehre. S. 5287.
S. Alter.

JUNG.

Die jungen vindent bœser fünde vil mêr dann die alten. Colm. 16, 19.

KÄFER.

Die kevern fliegent unbedâht,
des vellet maneger in ein bâht. Freidank 146, 9. Carm. bur. CCIV, 9.

---

[1]) MSH. I, 352a.

[2]) H. Ztschr. VIII, 557.

Der kever sich selbe triuget,
swenner ze hôhe fliuget. Freidank 146, 11.

KAMPF.

Ir habt gehôrt vor manegen zîten:
bezzer kampf denn hals ab. Teichner 31 [1])

Vergl.: Besser Kampf als den Hals entzwei. S. 5394. K. 4084.

KANN.

Der lützel kan, hat schier gesungen. Diutisca I, 324.
Swer iht kan, der ist wert:
des kunstlôsen nieman gert. Cato 499.

Vergl.: Wer etwas kann, den hält man wert,
des Ungeschickten Niemand begehrt. S. 5397.

Swer selbe enkan, der suoche wîse ræte. Hohenfels [2]).
Frow ez ist vor mangem jâr
gesprochen ein wort und ist ouch wâr:
ez tuot mit willen jeder man,
waz er aller beste kan. Liedersaal IV, 1.

KARG.

Je mêr der karg hât, ie mêr im gewirt. Fastnachtsp. 527, 20.

KATZE.

Man strîchet eine katzen schôn,
umb daz si miuse jaget. Frauenlob Spr. 334, 13.
Sô diu katze vrizzet vil,
zehant sô hevet si ir spil. Iwein 823.
Swâ junger miuse loufet vil,
dâ hebt diu katze gern ir spil. Freidank 141, 18.
Als diu katze ûz kumet, sô rîchsent die miuse. Berthold I, 85, 6 [3]).

Vergl.: Katz aus dem Haus,
Rührt sich die Maus. S. 5476. K. 4143.

---

[1]) Denkschriften VI, 107.
[2]) MSH. II, 207b.
[3]) Pfeiffer.

Sy tuet gleich als die chatz,
die voren leckt vnd hinden chratzt. Vintler 8662.
Vergl.: Hüte dich vor Katzen,
die vorne lecken und hinten kratzen. K. 4119.
S. 5480 und Narrenschiff Com. 375[b].
Der mit katzen gen acker fert,
der egget mit meusen zu. Ambras. Lb. 165, 26.
Vergl.: K. 4128. S. 5480.
Dir het diu katze niht genorn. Helbling I, 1393.

KERZE.

Sun, merke wie daz kerzen lieht
die wîle ez brinnet swindet gar:
geloube daz dir sam geschiht
von tage ze tage; ich sage dir wâr. Winsbecke 3, 1.
Des muge wir an der kerzen sehen
ein wârez bilde geschehen,
daz sî zeiner eschen wirt,
enmitten dô sî lieht birt. Arm. Heinrich 103.
Diu kerze lieht den liuten birt
unz daz si selbe zaschen wirt. Freidank 71, 7.
Ein kerze ir selber ze nihte wirt,
sô sie den liuten lieht gebirt. Renner 2846.
Vergl.: K. 4176.

KESSEL.

Der sich an den alten kezzel strîchet,
der wirt gern râmic. Diutisca I, 324.
Swer sich an alte kezzel rîbt,
der væhet gerne den râm. Heldenbuch H. II, 220.
Vergl.: Wer sich an alten Kesseln reibt, wird gern russig. K. 4181. S. 5564, 65.

KIND.

Ez ist ein alt gesprochen wort:
ein einic kint ze herzen gât
baz danne dâ man siben hât. Liedersaal 30, 184.
Vergl.: K. 4198.

Man sicht dicke, daz diu kint
vil bœser denn der vatter sint. Boner 10, 31.
An bœser kluogheit kleiniu kint
vil klüeger denn ir vater sint. Renner 6267.
Keye hât lâzen mangiu kint,
diu wirst dan er gerâten sint. Haslau 831.
Vergl.: Die nû ze vollen bœse sint,
gewinnent die noch bœser kint,
jâ herre got, wem sol ich diu gelîchen. Walther W. 19, 6 L. 23, 14.
Waz ob Helmbreht noch hât
etewâ junge knehtel?
die werdent ouch Helmbrehtel. Helmbrecht 1926 und Narrenschiff Com. 378b.
Wer vil diu kint vrâget,
der wil si liegen lêren. Bertha 58 [1]).
Je lieber kint, ie grœzer pesen. Wolkenstein XIX, 4, 10.
Je zerter kint, ie grœzer ruot. Wolkenstein VII, 3, 3.
Wie lieber kint, ye scherffer ruot. Muscatblut 120, 8.
Je lieber kneht, ie grœzer besem. Helbling III, 94.
Liebem kinde ist guot ein rîs. Marner [2]).
Daz kint gehœret zuo dem rîse. Haslau 1193.
Ze lieben kinden hœrt ein rîs. Colm. 94, 38.
Ein man der ber sîn liebez kint die wîle und ez sich beren lât. Marner [3]).
Der sprichet, swer den besmen spar,
daz der den sun versûme gar. Walther W. 19, 21. L. 23, 29.
Wer sein kint lieb hât,
der zaigt im die gaissel frue und spât. Mone Anz. VII, 504.
Wan man spricht: dem chind
die menschen aller liebst sind,
sô die besen prait sein. Hätzlerin 133b.
Wer der rûten schônet,

---

[1]) HGA. III, 34.
[2]) MSH. II, 251a.
[3]) MSH. II, 251b.

sîn selbes kint er hônet. Morolf II, 547.

Vergl.: Wan für die zît als ez êrste bœsiu wort sprichet, sô sult ir ein kleinez rüetelîn nemen bî iu, daz alle zît ob iu stecke in dem diln oder in der want, und als ez eine unzuht oder ein bœsez wort sprichet, sô sult ir im ein smitzelîn tuon, an blôze hût. — niwan ein kleinez rîselîn: daz fürhtet ez unde wirt wol gezogen. Berthold I, 35, 4 und:

Dô man alte sach dur zuht die jungen bliuwen,
dô stuond ez an êren baz und ouch an triuwen. Singenberg W. 236, 18.

Wiße ich nû den willen
wie ir villen woltet, alsô vilte och ich,
sô man kint sol stillen. Ebd. 252, 5.

Je lieberes Kind, je schärfere Ruthe. K. 4203.

Dagegen sang schon Walther:

Nieman kan mit gerten
kindes zuht beherten:
den man zêren bringen mac,
dem ist ein wort als ein slac. L. 87, 1. W. 64, 3.

Ueber dies Thema s. den trefflichen Aufsatz: die Ruthe küssen von E. L. Rochholz. Pf. Germania I, 134—155 und dessen alemannisches Kinderlied S. 513.

Dem kind schât, daz der vater tuot. W. Gast 7630.

Dâ von enwizzen niht diu kint,
sô si in grôzen vollen sint,
beide geweget und erzogen,
wannen die krâen sint gevlogen,
und versmæhent den alten stam. Halb. Decke 41[1]).

KIRSCHEN.

Ez ist niht guot
mit hêrren kirsen ezzen. Boner 8, 32.

Wer mit hêrren ezzen wil

---

[1]) HGA. II, 392.

kirsen, dem werden gern die stil
geworfen in die ougen
ofenlîch und tougen. Keller alhd. Erzähl. 511, 14.

Vergl.: Mit grossen Herren ist nicht gut Kirschen essen. K. 3441. S. 4644.

KLAGE.

Klage mir und habe dir. Heidin 1731 [1]).
Klage von trôste swindet. Krone 7309.

KLEIN.

Ez was ein sprichwort manec jâr:
swer eins kleins niht lâzen wil,
der verliuset zwir sô vil. Teichner 31 [2]).

KLUG.

Der spæhe'n spæhen kennet. Frauenlob Spr. 344, 1.

KNECHT.

Swâ sich der herre knehtet, dâ hêrt sich der kneht. Frauenlob Spr. 67, 1.

Wer nicht haben mag en knecht
der dien im selber, daz ist recht. Ring 19a, 20.

Cum servo nequam palmus datur, accipit ulnam. Mone Anz. VII, 505.

Vergl.: Lässt man dem Schalk eine Hand breit, so nimmt er eine Elle lang. S. 8848.

KÖNIG.

Lant und liute geirret sint,
swâ der künec ist ein kint
und sich die fürsten flîzent,
daz si fruo enbîzent. Freidank 72, 1 [3]).
Nie kein künec sô ebene gesaz,
im würre dannoch eteswaz. Freidank 73, 22.

---

[1]) HGA. I, 435. [2]) Denkschriften VI, 107.
[3]) Vergl. Freidank 1. Aufl., XXV und Anm. S. 349.

Nie kein man sô ebene gesaz,
im gebræste eteswaz. Ottokar 378[a].
Eines koniges wort sicherlich
sal nimmer mê gewandeln sich. Morolf II, 335.

KRÄHE.

Swer die krân tweht,
dâ von mêret sich ir swarzer glanz. Krone 2056.
Wer wascht den ziegel, daz er sîne rœte lâ,
wer bât die krâ,
daz man ir swerze trîbe —
sol ez im allez wol ergân, er teilet unde wellet. Wilt. HS. [1]).
Wer baden will ainen rappen weiß
vnd daran legt sein gantzen fleiß
vnd an der sunnen schne will derren
vnd wint wil in ain kisten sperren,
Der tut, das da vnnutz ist, gern. Keller, Schwänke S. 14.
Ein swarziu krâ, swer sie gebât, sô wirt sie doch niht wîze. Colm. 144, 42.
Sich badet diu krâ mit allem flîz
und kan doch niemer werden wîz. Freidank 142, 15.

Vergl.: Es hilft kein Bad am Raben. S. 8054. Der Raben Bad und der Huren Beicht sind unnütz. K. 6098. S. 8055.

KRANK.

(Wenn) der mensch krank ist, kan ers nit verheln. Fastnachts. 528, 1.
Wer nicht ist siech, noch siech nie wart,
der suoche enkeinen arzât. Boner 47, 20.
Dô der siech man genas,
dô was er als er ê was. W. Gast 2259.
Si gedenken aber an daz sprichwort niht:
dô der sieche lîp genas,

---

[1]) Pf. Germania V, 44.

dô beleip er, als er ê was. Renner 12089.
Wen sprichet: dô der siech genas,
dô was er, der er ouch ê was. Boner 22, 1.
Dem spricht man, dô der siech genas,
dô wart er bœser dann er was. Narrenschiff 40, 91.

Vergl.: Narrenschiff Com. S. 374[b.] und
Da der Kranke genas,
Nie ärger er was. K. 4420.

KRUG.

Ollula tam fertur ad aquam, quod fracta refertur. Mone Anz. VII, 505.

Vergl.: Der Krug geht so lange zu Wasser, bis er zerbricht. K. 4484. S. 5986.

Swelhen ende ich kêre
immer bristet mir der kruoc. Neidhart 67, 35.
Dann iklichs hab am andern genüg,
Wann prech ich hafen, so prechst du krüg. Fastnachts. 166, 24.

Ueber den sprichwörtl. Ausdruck: Krüg und Häfen zerbrechen s. Narrenschiff Com. 366[b.]

KRUMM.

Die falschen zungen hânt daz recht,
si machent krump, daz ê was slecht. Boner 7, 47.
Ir machet ûz dem slehten krump
und ûz dem krumben wider sleht. Tristan 249, 1.
Ir herren, wisst, es ist nicht recht,
sô man daz chrumb schol machen schlecht,
daz man es noch danne chrumber mach. Ring 19[d.], 9.
Von êrst sich krummet dicke,
daz sich slichtet ze lesten
und frewde bringet. Minne Falkner 44, 2.

Ueber die sprichwörtliche Gegenüberstellung der Worte krump und sleht s. Narrenschiff Com. 335[a.]

KUH.

Da vil kûwe, da ist kese vil. Morolf II, 176.

Hab dir daz kalp, lâ mir die kuo;
wilt du des nicht, sô var ich zuo
und nim die kuo zesamt dem kalb. Boner 8, 41.
Vergl.: K. 4508.
Einr küeje kint
tuot als ein rint. Colm. 18, 53.
Aus kelbern werdent stärkeu rinder. Ring 20[b], 42.
Ueber die sprichwörtliche Verbindung v. Kuh u. Kalb sieh Narrenschiff Com. 430[a].

KUKUK.

sieh Gauch.

KUNST.

Ez gesiget ein kurzer man
vil ofte mit kunst an einem, der
spanne lenger ist dan er. Wigalois 189, 4.
Kunst âne witze schiere zergât. Colm. 121, 14.
Kunst und togunt di sint frunde,
di vele nutzis kunnen geberin. Ritterspiegel 2615.
Gewunnen kunst ist niht ein troum. Boner 4, 41.
Wer kunst und wîsheit haben sol,
sicher, der muoz erbeit hân. Boner 4, 38.
Vergl.: Kunst ist leicht zu tragen, aber schwer aufzuladen. S. 6092.
Die chunst ist lang, daz leben chlain. Ring 25, 3.
Vergl.: Die Kunst ist lang, das Leben kurz. S. 6079.

LADEN.

Ze swære man niht laden sol,
unt læriu mæzlîn machen vol. Frauenlob Spr. 104, 13.

LAIEN.

Mali laici, mali clerici. Berthold I, 251, 9.

LAUFEN.

Wann doch ain offens wort ist:
wer dâ ze palde lauft,
das der auch dester ofter straucht. Vintler 6421.

LEBEN.

Allez mîn leben ist ein troum. Wigalois 150, 24.
Irdisch leben daz ist ein troum. H. Damen [1]).
Unsir leben ist ein troum. Martina 123, 55.
Des menschin lebin ist
ein strît ûf erden alle vrist. Jeroschin 3, 1 [2]).
Rehte leben gît vil gerne guotes ende. Reim. Zw. [3]).
Vergl.: Wohl gelebt, wohl gestorben. S. 6260.
Ein bœs leben wer daz hât,
dar an ein bœs end gerne stât. Boner 54, 45.
Der lange lebt, der wirt alt. Boner 16, 38.
Vergl.: S. 6257.
Si jehent, daz niht lebendez âne wandel sî. Walther W. 162, 1. L. 59, 21.

LEHEN.

Lîp sêle unde guot
ist allez lêhen, swie man tuot. Freidank 74, 21.
Lîp unde guot daz ist von got
ein lêhen. Dietm. v. Sezzer [4]).
Dirre werlde vröude ist
ein lêhen und unstæter kouf. Herz. Ernst 2.
Du richer man gedenk dar an,
waz du nu hast des bist ein gast,
ez ist zwar nit din eygen.
Got liget dir hie, er gaff dir nye. Muscatblut 58, 2, 1.

LEHRER.

Swenne eigen schuld den lêrær
strâfet, daz ist lasterbær. Buch der Rügen 1639.
Swer tuot daz er lêret,
des lêre und rât ist geêret. Martina 17, 108.

---

[1]) MSH. III, 166b.
[2]) Pfeiffer.
[3]) MSH. II, 214a.
[4]) MSH. II. 174b.

LEID.

Leit machet sorge,
vil liebe wünne. Kürenberger [1]).
Leit suochet trôstes rât
und siecher lîp den arzât. Krone 5334.
Ez ist ouch noch der liute site,
swâ eime leit ze herzen gât,
daz der ander freude bî im lât. Klage 674.
Einem leide volget dicke liep. Krone 7304.
Leit von liebe zergât. Krone 7312.
Man seit, daz man von leide niht verderbe. v. Turne [2]).
Es ist ain altgesprochen rât
mêr dann vor hundert jâren,
und wer nye laid versuechet hât,
wie mag er freud ervaren? Wolkenstein VI, 1.

LEIHEN.

Ich hœr wer übel leihe, das sey ain pœser gelt. Wolkenstein X, 3, 3.

LERNEN.

Empsleiches lernen daz ist guot,
unstâtes allen schaden tuot. Ring 24d., 5.

LIEBE.

Lieb âne leit mac niht gesîn. v. Eist [3]).
Ez ist an manigen wîben vil dicke worden schîn,
wie liebe mit leide ze jungest lônen kan. Nibel. 16, 2.
Mit leide was verendet des küniges hôchgezît,
als ie diu liebe leide an dem ende gerne gît. Nibel. 2438, 3.
Herzeliebe ist arbeit,
ir ende bringet herzeleit. Wigal. 199, 5. 206, 13.

---

[1]) MSF. 7, 19.
[2]) MSH. I, 344a.
[3]) MSF. 39, 24.

Liebe hât
dicke leidez ende. Heinzenburg [1]).
Liebe muoz dicke mit leide zergân. Hildb. v. Schwangau [2]).
Nâch liebe kumt vil dicke leit. v. Lienz [3]).
Sî (minne) machet ie nâch liebe leit. Gregor 284.
Vil liep mit leide gar zergât. Spervogel [4]).
Nein liebe zergât mit leide. daz ist gewis. J. Titur 1026, 4.
Jur liep zergât mit leide. Eraclius 3990 [5])
Liep wirt selten âne leit. Freidank 85, 17.
Nû ist ez leider, als man giht,
daz man die liebe selten siht,
si enmüeze mit leide ende hân. Schüler zu Paris 129 [6]).
Manec liep daz wirt ze leide. Frauenlob Spr. 109, 9.
Nu liep nu leit, nu sus nu sô. Ebd. 116, 6.
Man sol gedenken an ein wort, daz was wîlent vlücke:
dur liep so sol man leit bevarn. Ebd. 58, 12.
Dîner lüste rôsen hegent scharpfen dorn:
leide ist liebe zuo geborn. Frauenlob Ld. II, 3, 6.
Diu hôhste vreude sich ze jâmer brûchet,
liebe in leide tûchet. Frauenlob Spr. 292, 16.
Lieb âne leid ich finde selten leider. Labers 390, 5.
Liep wirt niht anders leit,
golt swînet an der hende:
selh ende der minne ist bereit. Marner [7]).
Leit ist liebes nâchgebûr. Wild. Alexander [8]).
Von grôzer lieb kumt grôzez leit. W. Gast 2822.
Si muosten leit nâch liebe haben. Engelhart 3251.
Liep ist bitter an dem ende
und ist ze jungest als ein wint. Flos 3772.
Ach, minn, dîn süezer anvanc
gît mangen bittern ûzgang. Hero 1 [9]).
O wê, wie wendet sich daz lôz
von liebe ze herzenleide. Heidin 1832 [10]).

---

1) MSH. I, 305.
2) MSH. I, 280b.
3) MSH. I, 211b.
4) Pfeiffer 83.
5) Ist zu lesen statt lîp.
6) HGA. I, 284.
7) MSH. II, 238b.
8) MSH. II, 364b.
9) HGA. I, 317.
10) HGA. I, 438.

Herzeliebe ist ein schûr. Wigal. 240, 33.
Dîn ende daz ist niht sô guot
als du der werlde geheizest,
so du si von êrste reizest,
mit kurzer liebe ûf langez leit. Tristan 37, 6.
Vergl.: Und swer von wîbe ie muot gewan
oder iemer wil gewinnen,
der trâhte in sînen sinnen,
wie lîhte misselinge
an sus getânem dinge
guoten liuten ûf erstât,
wie lîhte ez in ze leide ergât. Tristan 46, 16.
Diz kurze liep mir langez leit ie brâhte. Reim. Zw. [1]).
Ê daz si (diu minne) liep gar âne leit
lieze in ganzer wunne sîn,
ê stieze si den stift dar în
vil harte cleiner schulde. Troj. Kr. 17276.
Diu minne süezem friunde birt
vil ofte ein ende sûr. Krone 2308.
Daz lieb mit leide van liebe sol scheiden
daz heist doch wol ein lyden!
wan lieb an leit nit mach gesin; lieb pringt pin. Muscatblut 107, 26.
Wo lieb hat lieb verslossen,
wem lieb durch lieb zuo hertzen gat, der selb der stat
in liebes cleit; lieb bringt ym leit,
lieb macht in dicke verdrossen. Muscatblut 119, 12.
Ye gröesser lieb, ye mêrer laid
kumbt von den schöenen frauen. Wolkenstein CXVI, 3, 10.
Liep bringt laid, als hitz den regen,
des bedarff sich nyemant wunder hân. Hätzl. 54[a].
Sît man ez allez sprechen sol,
so tet doch âne leit lieb nie manne wol. Rubein [2]).
Und ermante in vil dicke,

---

[1]) MSH. II, 182[a].
[2]) MSH. I, 315[a].

daz er nâch liebe hete leit. Gut. Frau 1268.
Alsô gît Minne beide
liebe und leide. Ebd. 1341.
Kein lieb ohn leid. Ambras. Liederb. 39, 1.
Vergl.: Last euch die liebe nicht quelen,
denn sie gar bitter ist.
ir anfang ist wol süsse,
das end aber wol betracht,
wenn man sich scheiden müsse,
als denn kompt jammer und klag.
Ambr. Lb. 102, 51.
Nach Liebe Leid. S. 6399. Keine Lieb ohne Leid. S. 64000. Lieb ist Leides Anfang. S. 6403.
Minne leidet underwîlen lieb, unt liebet leit. Marner [1]).
Als manic liep als manic leit. Krone 7315.
Diu blintheit der minnen
diu blendet ûze und innen. Tristan 445, 27.
Minne blendet wîsen man,
der sich vor ir niht hüeten kan. Freidank 99, 11.
Si blendet wîses mannes muot. W. Gast 1197.
Doch machet si diu minne blint. Neifen 30, 13.
Diu liebe chan
wol blenden den man,
daz er niht ensiht
und nimt im doch der ougen niht. Eraclius 2475.
Alle minner, die nû sint
heizent an den ougen blint. Heinzelin ML. 413.
Ach ach, diu minne machet,
daz du vor rechter liebe gar erblindest. Labers 68, 6.
Man spricht die minne sei blinde. M. Falkner 1, 1.
Vergl.: Die Liebe ist blind und macht blind. K. 4846. S. 6447.
Geloubet, daz wîbes minne
manegem nimt die sinne. Fuchs und Wolf [2]).

---

[1]) MSH. II, 253a.
[2]) Reinhart p. 356.

Sî jehent, die ir hânt gehôrt,
ez næme ie diu Minne
vil wîsem man die sinne,
daz er niht mac wol bewarn,
ern müeze dicke missevarn. Eraclius 2406.
Sie machet kluoge liute ze narren. Renner 11752.
Diu gewaltîge minne
der sinne ein rouberinne. Aristoteles 467 [1]).

Vergl.: Liebe macht Lappen. K. 4896.

Minne nieman pflegen mac
sô tougen einen halben tac,
ezn wizzen viere oder mê
oder lîhte sehse ê ez ergê. Freidank 99, 17.

Vergl. Liebe lässt sich so wenig bergen als Husten. K. 4879. S. 6445.

Wer Liebe bergen will, dem kriecht sie an den Augen heraus. S. 6442.
Lieb, Feuer, Husten, Krätze, Gicht
Lassen sich verbergen nicht. S. 6443.
Betwungeniu liebe
wirt dicke ze diebe. Freidank 101, 13.
Diu minne machet manigen noch zu diebe. J. Titurel 4882, 2.
Verholne lieb wirt dicke ze dieb. Renner 434.
Betwungen liebe ist gar ein wiht,
wan si gît hôhes muotes niht. Winsbeckin 32, 4.
Der minne ist niht unmügelîch. Heinzelin ML. 728.
Umbe die minne ist iz abir sô getân:
dâ nemac niht lebendes vor bestân. Kaiserchronik 4626.
Sie kan wunders alsô vil,
daz des nieman hât ein zil. Renner 11750.
Lieb vberwindt alle ding. Keller Schwänke 26, 5.

Vergl.: Liebe überwindet Alles. K. 4887. S. 6424.

Wan seit, ez sî ze vröuden guot,
swer habe ûf minne stæten muot. Toggenburg [2]).

---

[1]) HGA. I, 33. [2]) MSH. I, 21b.

Si jehent, daz diu minne
sanfte lône,
swem si guotes willen si? Brennenberg [1]).
Minne bistu, sô man seit, gewaltic guoter wîbe. Sachsendorf [2]).

Minne entouc niht eine:
si sol wesen gemeine,
sô gemeine, daz si gê
dur zwei herze und dur dekeinez mê. Walther W. 103, 13. L. 51, 9.

Wan die rehte liebeschaft
Zwüschent zwayen hât ir chraft
und wil ir auch nicht mêr haben. Ring 11d., 25.
Ain lieb vnd nicht mêre
wêr allen frawen ain êre. Keller Schwänke 26.
Lieb hân und mîden
ist ein bitter lîden. Liedersaal 184, 3.
Deich dich mîden muoz, daz tuot mir wê. Eraclius 3820.
Lieb hân âne trôst
ist mînes herzen rôst. Liedersaal 184, 9.
Nu hât diu minne einen sit,
dem volget kein stæte mit. Gut. Frau 2188.
Swem alte liebe wonet bî,
daz der belîbe der niuwen frî,
daz wære ein wunneclîchez dinc. Troj. Kr. 11245.

LIST.

List list bedarf, ob sî sol sîn betrogen. Frauenlob Sprüche 269, 6.

Vergl.: List gegen List S. 6532. List wird mit List bezwungen. S. 6533.

LOB.

Lop von lantliuten
sol nieman verkiuten. Lanzelet 8402.
Die wîsen jehent: swer sich lobe
sunder volge, daz er tobe. Gerhart 37, 38.

---

[1]) MSH. I, 338b.

[2]) MSH. I, 300b.

Merket, swer sich selben lobet
âne volge, daz er tobet. Freidank 60, 23.
Swer sich lobt und prîset,
der hât nieman der in lobe,
wan im lît diu schande obe.
allez lop in eigem munde
ervûlet und verdirbet. Krone 9855.
Ich wæne, daz er sêre tobet,
wer unverschult sich selber lobet. Boner 68, 55.
Wer sich selber labet,
sîn lop niht wol in habet. Morolf II, 238.
Swer sich selben loben wil,
den lobent danne niht ze vil
sîn nâchgebûrn. W. Gast 1667.
Lop, daz von eigem munde gât,
daz ist niht lop. Boner 68, 45.
Lop wart ie vûl, dâ manz dâ heime vant. Frauenlob Spr. 270, 12.

Vergl.: Eigenlob stinkt,
Eigenruhm hinkt. S. 6549.
Eigenlob
Ist zu grob. S. 6550 u. ähnl.

Gelogen lop ist unwert.
— Der des gert,
daz man in mit lügen lobe,
ich hânz dâ für daz er tobe. Helbling II, 1321.
Ein swacher lober truget dich, tritst dû ûf sînen kloben. Müglin F. XIV, 18.
Entlêntez lop gât dicke wider,
erdâchtiu hôchvart vallet nider. Boner 67, 55.
Hiest wol gelobet: lobe anderswâ. Walther L. 59, 36.
Rennewart lobe anderswâ: du hâst hie gelobet wol. Türheim Wilh. 219a.
Ein lop, daz mit der volge ûz wîsem munde gât,
daz lop bestât
von tage ze tage ie lûter. Frauenlob Spr. 64, 7.

Man lopt die tôten vür daz leben. Frauenlob Spr. 78, 1.
Swer hôhez lop erstrîten wil,
der muoz ouch eteswenne vil
beswærde lîden unde doln. Troj. Kr. 8245.
Vergl.: Ehre und Tod.

LOHN.

Er sprach: „des ein gebûre dem andern tuot,
komet dicke lôn, des hœrich jehen. Reinhart 298.
Vergl.: Lohn um Lohn
War eben schon. K. 4963.

LÖSCHEN.

Swer leschen wil und daz in niht enbrennet,
swer wecket slâfenden hunt, sich selben niht erkennet,
daz sol niemanne wunder hân, ob ez im missevellet.
Colm. 148, 34.

LÖWE.

Der lewe niemer sol verzagen,
ob in die hasen wellent jagen. Freidank 136, 13. Carm. bur. CCIV, 6.
Der lewe enfürht des mannes niht
wan sô ern hœrt und niht ensiht. Freidank 136, 11. Carm. bur. CCIV, 12.

LÜGE.

Man vert mit lügen durch daz lant,
her wider niht, wirt man bekant. Freidank 169, 24.
Ein lügner vert wol durch die lant;
wil er har wider, er wirt geschant. Boner 55, 63.
Liegen triegen dringent für
ze bâbstes und ze keisers tür. Freidank 168, 11.
Lüg kumt an bâbestes tür,
lüg wont ouch schœnen vrouwen bî, man treit ouch lüge den vürsten vür. Marner [1]).

---

[1]) MSH. II, 252b.

Bœse lügenære
die dringent leider allez für:
die getriwen blîbent vor der tür. Reinhart 2181.
Swer wil umb êre liegen,
dern sol niht friunt betriegen. Freidank 169, 6.
Vergl.: Freidank Anm. S. 391.
Sô fremdiu mære ie verrer fliegen,
sô diu liute ie mêre geliegen. Renner 4471.
Vergl.: Aus der Ferne ist gut lügen. S. 6646. Wer lügen will, soll von fernen Landen lügen. S. 6647.
Liegen daz wil haben list. Ring 42b., 24.
Vergl.: Wer lügen will, muss ein gut Gedächtniss haben. K. 5003. S. 6633.
Die Lüge bedarf gelehrter, die Wahrheit einfältiger Leute. S. 6643.
Lyegen ist der lebern gesund. Morszheim 90.
Vergl. S. 6668.

MANN.

Ezn gewan nie man sô herten muot,
ern tæte doch etswenne guot. Freidank 136, 7.
Man hât den man, als man in siht. Spervogel [1]).
Aber sew wellen merken nicht,
daz man gern haltet den man
nâch dem, vnd er sich halten chan. Vintler 9482.
Lâz ieden man sîn, der er ist,
daz man dir iht sag, wer du bist. Liedersaal 184, 13.
Mir ist daz gesaget:
ein man blibe unverzaget,
swenne sin zeichen wêre
durch einer frowen êre. Herbort 9516.
Ein man sol betelîchen gern,
den mac man deste baz gewern;
swer unbetelîchen gert
der hât sich selben gar entwert. Wolf und Weib [2]).

[1]) Pfeiffer 82. [2]) Reinhart S. 333.

Guot man ist guoter sîden wert. Walther W. 115, 9. L. 44, 10.

Mannes langer mangel
daz ist des herzen angel. Meleranz 689.
Vergl.: Langer Liebesmangel
Ist meines Herzens Angel. Auf dem Becher der Margaretha Maultasche. Steub, drei Sommer 304.

Du hôrst ie, ain man mag sô werben,
daz er dester ê muoz sterben. M. Falkner 148, 5.

Ir habet wol vernomen daz,
daz der man unt sîn wîp
süln sîn ein sêle und ein lîp. Eraclius 2316.

Hie felschit sich daz alde wort,
daz wart missemeilig dort:
daz ein man und sîn wîp
solden haben einen lîp. Georg 4582.

Daz si zwô sêle unde ein lîp
wâren, dô si was sîn wîp. Klage 581.

Ein lîp, zwô sêle, daz ist, swâ sich zwei gebent ze samen mit rehter ê. Reim. Zw. 45[1]).

Ein lîp, zwô sêle, ein munt, ein muot. Reim. Zw. 50[2]).

Der wirt und ouch sîn wîp
zwô sêlen und niur ein lîp. Altschwert 235, 31.

Diu was im nâch sippe
ein lîp und zwô sêlen doch,
alz ez ist gewonlîch noch. Martina 220, 14.
Vergl.: Mann und Weib
Sind ein Leib. K. 5117.

MANTEL.

Wan sol den mantel kêren als daz weter gât. Spervogel[3]).

Man sol den mantel kêren,
als ie die winde sint gewant. Tristan 262, 32.

Ein man den nüschel kêret,

---

[1]) MSH. II, 185b.
[2]) MSH. II, 186a.
[3]) MSF. 22, 25.

als in daz weter lêret. Freidank 115, 2.
Wer den mantel kêret dar,
dâ er des windes wirt gewar,
und überkraft entwîchen kan,
der mag wol deste baz gestân. Boner 83, 55.
Besich in welchem zeit du pist,
dar zuo, wie daz weter ist,
daz du deinen mantel gswind
mugest kêren gên dem wind. Ring 28c., 14.
Wil er den mantel henken
dâ nû der wint sîn ganc her nimt, sô ist sîn kunst verhœnet. Colm. 27, 25.
Na dem penynge
so habent ir den mantel
und wenig na recht. Muscatblut 73, 93.
Ach ir gesellen jhr könt wol wenden
den mantel nach dem wind. Ambr. Lb. 70, 56.
Ich wil daz ruoder
ouch nâch den winden wenden. Schlegel 956 [1]).
Wann frawen haben kurtzen muot
vnd wenden dick den huot
nâch dem wind her vnd dar. Hätzl. 209a.

Vergl.: Zu lest wirt es yn allen leyt,
die hencken mentel nach dem wint. Morszheim 112.

Du hengkst den mantel nach dem wint. Ebd. 395.
Ir andern wüssent auch den sitt
zu warten hinder diessem man,
der sein mantel hencken kan. Ebd. 398.
Wer sei der herren hofgesynd,
der henck den mantel noch dem wynd. Ebd. S. 28.
Swâ der wint her gie,
dâ wart ir roc hin gewant. Gut. Frau 1632 und Narrenschiff Com. 302b. Den Mantel nach dem Winde hängen.

---

[1]) HGA. II, 42.

K. 5173. Man soll den Mantel kehren, als das Wetter geht. K. 5175. S. 6820.

Swann dir diu sunne schînet, lege den mantel an. Colm. 157, 18.

Vergl.: Wenn die Sonne scheint, nimm den Mantel mit auf die Reise. S. 6821.

MASS.

Diu mâze ist zallen dingen guot. Colm. 111, 1.
Mâze ist zuo allen dingen guot. Renner 4793, 5511.
Mâs ist guot zuo allen dingen,
bessers kan ich dir nicht singen. Ring 19[d.], 31.
Mâß fuegt ze allen dingen. Vintler 9949.

Vergl.: K. 5200. S. 6856.

Diu mâze êret elliu dinc. Rinkenberg [1]).
Diu mâze ist ganzer tugende ursprinc. Ebd.
Wan mâze mit bescheidenheit
aller tugende krône treit. Renner 3879.

Vergl.: Mass trägt aller Tugend Krone. S. 6856.

— Geloube mir,
daz die mâze daz beste ist
allenthalben in dirre frist.
Zu kurz zu lang fürhônet als spil;
die rechte mâz ist daz zil.
Wer recht mâz halten kan,
ez sî daz wîp oder der man,
die sint sêlig von got geborn,
zuo friunden hân wir sie erkorn. Altschwert 57, 23.
Swer schône in sîner mâze kan
geleben, derst ein sælic man. Freidank 114, 9.
Ein jeglîch man hât êren vil,
der rehte in sîner mâze lebet
und übermizzet niht sîn zil. Winsbeke 41, 5.

Vergl.: Mass und Ziel
Ist das beste Spiel. S. 6858.

---

[1]) MSH. I, 339[b].

Der mittelmâze pflâgen ie die wîsen. Reim. Zw. 96[1]).

Vergl.: Oben über und under durch gevarn,
daz ist ze hôch und ouch ze nidere: swer daz wil bewarn,
der var enmitten hin; daz ist vür vallen unt vür strûchen guot. Reim. Zw. 96, 4 und: Mittelstrass das beste Mass. K. 5358. S. 7054.

Nû seht, swie guot ein dinc sî,
dâ sol doch mâze wesen bî. W. Gast 10383.

MAUS.

Diu mûs ungerne ziuhet kint,
swâ si weiz dâ katzen sint. Freidank 141, 13.

Man siht vil selten rîchez hûs
âne diep und âne mûs. Freidank 141, 15.

Swâ junger miuse loufet vil,
dâ hebt diu katze gerne ir spil. Freidank 141, 17.

Ez hât vil selten wîsiu mûs
den fuhs geladen heim ze hûs. Freidank 141, 11.

Ez loufet selten wîsiu mûs
slâfender vohen in den munt. Winsbecke 42, 9.

Vergl.: Dem schlafenden Fuchs läuft keine weise Maus in den Mund. S. 6923.

Den alten spruch den sprichet man:
alsô diu mûs ze neste nien müge, sô binde ir einen slegel an. Hellefiur[2]). S. Schlafen.

Gût und bôse fullet daz hus,
die nit dan ein loch hat, daz ist ein bôse mus. Morolf II, 260.

Vergl.: Es ist eine schlechte Maus, die nur Ein Loch weiss. S. 6906.

Waist nicht, daz man sprichet daz:
maus im sak und laus im nak. Ring 23d., 8.

MEHL.

Nóh túne mâht nieht fóllèn munt hâben melues unde dôh blásen. Altd. Bl. II, 136.

---

[1]) MSH. II, 194b.   [2]) MSH. III, 34a.

Blâsen und mel an dem munt hân
daz mag nit wol bî einander gestân. Wackern. Lb. 835, 19.
Vergl.: Mit blasen doch han mel ym mund. Morszheim 89.

Des wil ich mich vil wol gehaben
blasen vnd mel ym munde haben. Ebd. S. 28. und S. 1121 und 1122.

Der muost mal han, vil me dann vil
wer yedems mul verstopffen wil. Narrenschiff 41, 27.

Multum farris habet qui cunctis obstruit ora. Lochner. Narrensch. Com. 377b.

MEIN.

Zer werlde mac niht süezers sîn
dan ein wort daz heizet mîn. Freidank 31, 7.

Zwei kleiniu wort mîn unde dîn
begunden sêre werren
bêdenthalp die herren. Wilh. Orl. 269.

Vil krieges machet mîn und dîn. Boner 95, 1.

Daz tuot diz wort: mîn unde dîn:
daz ist vil dicke worden schîn.
daz machet under vriunden haz.
wær mîn und dîn nicht, wizzent daz,
sô tæt nieman dem andern leit. Boner 34, 11.

Do stund ouch vff, wer myn daz din. Narrenschiff 83, 43.
Vergl.: Mein und dein
bringt alles Unglück herein. S. 6936.

MEISTER.

Alsô man dem meister lônet, alsô wischet er daz swert. Urenheimer [1]).

MENSCH.

Dhain weltleichs mensch ward nie so rain
es hunch an einem überpain. Ring 23c., 10.

---

1) MSH. III, 39a.

Vergl.: Auf Erden lebt kein Menschenkind,
An dem man nicht einen Mangel findt. K. 5297.

MESSEN.

Sun, bezzer ist gemezzen zwir
danne verhowen âne sin. Winsbeke 25, 1.
Bezzer ist zwir gemezzen
dan zeinem mâle vergezzen. Freidank 131, 23.
Vergl. S. 7001.

MILDE.

Swer milte unde guot hât
wil der lobelîchen leben,
der sol ze rehter zîte geben,
und sol ze rehter zît versagen. Wolf u. Hund [1]).
Ich weiz wol daz ein milter man
genuoc ze gebenne nie gewan. Freidank 86, 10.
Ich main wol, daz ain milder man
zuo geben nie genuog geban,
als vil er mocht gehân. Wolkenstein XXII, 4, 12.
Diu milte niht von herzen gât,
swer nâch gâbe riuwe hât. Freidank 86, 16.
Diu milte niht ze lobe stât,
swer gît da'r selbe niht enhât. Freidank 86, 18.
Den milten nieman kan gedrôn:
si hânt hie lop, vor gote ir lôn. Freidank 87, 14.
Reiniu milte nie verdarp,
so erge manege schande erwarp. Freidank 87, 16.

MINNE.

Minne sol sîn under zwein. Marner [2]).
Ein minne dandern suochet:
ein fluoch dem andern fluochet. Freidank 124, 5.
Diu manegem minne sinnet,
diu ist manegem ungeminnet. Tristan 453, 8.

---

[1]) Reinhard S. 344. [2]) MSH. II, 252b.

Vergl. K. 5332.

Swer minneclîche minne kan,
daz tiuret ritter unde man. Frauenlob Spr. 44, 13.

Den mist ströut man den bluomen dar: minn lît in êren schrîne. Frauenlob Spr. 73, 19.

Minne, werltlîch êre und grôz gewin
verkêrent guotes mannes sin. Renner 11874.

Swer wænet koufen minn umb guot,
der erkennet weder minn noch muot. W. Gas 1247.

Ich weiz wol, ez ist ein altez mære,
daz ein armez minnerlîn ist reht ein marterære. Steimar [1]).

S. oben: Liebe.

MOHR.

Des môres hût unsanfte lât
ir swarze varwe die si hât. Freidank 88, 19.

Vergl.: Mohren werden nimmer weiss. K. 5363. Es ist vergeblich, einen Mohren wollen weiss waschen. K. 5364. S. 7058.

MORD.

Ez ist ein altgesprochen wort:
selten sî verswigen mort. Liedersaal 160, 57.

Vergl.: Es bleibt kein Mord verschwiegen. S. 7086.

MORGEN.

Wer singt cras cras glich wie eyn rapp,
der blibt eyn narr bisz jnn syn grapp. Narrenschiff 30, 35.

Dar durch synt narren vil verlorn,
die allzyt süngen morn, morn, morn. Ebd. 31, 9.

Vergl.: Morgen, morgen, nur nicht heute
Sprechen immer faule Leute. S. 7091 und s. Warten. —

MÜHE.

Ain müe die andern vindt,
wers alles wil besorgen. Wolkenstein XVI, 4, 15.

---

[1]) MSH. II, 154a.

MÜCKE.

Ez wahsent âne der liute danc müggen unt bremen. Marner [1]).
Diu mücke muoz sich sêre müen,
wil si den ohsen überlüen. Freidank 146, 5. Carm. bur. CCIV, 1.
Sô habent die alten gesaget wâr,
wenn die muck wil legen ain ay,
als die henn, sô pricht sy entzway. Vintler 9424.
Vergl.: Wenn die Mücke ein Hühnerei legen will, ist's ihr Tod. S. 7114.
Soldes der keiser selbe swern,
ern kan sich mücken niht erwern. Freidank 74, 1.
Waz sol der muggen swil. Frauenlob Spr. 303, 13.

MUND.

Swer sînes mundes hât gewalt,
der wil mit êren werden alt. Freidank 52, 16.
Vergl.: K. 5450.
Ir sult des mundes hân gewalt. Troj. Kr. 21986.
Vergl.: den Mund soll man schnüren. S. 7163.
Vil lîhte sprichet der munt,
daz dem herzen ist unkunt. Freidank 62, 1.
Vergl.: Mund und Herz sind eine ganze Spanne voneinander. K. 5437.
Ezn sprichet niemannes munt
wan als in sîn herze lêret. Iwein 194.
Wan wes daz herz begerend ist,
der munt tuotz dicke sagen. Montfort No. 31 [2]).
Vergl.: Wessen das Herz voll ist, des geht der Mund über. K. 3499.
Tôren herze lît im munde,
der wîsen munt in herzen grunde. Renner 260 b.
Vergl.: Weise Leute haben ihren Mund im Herzen. S. 7161.

---

[1]) MSH. II, 248b.   [2]) Weinhold S. 27.

MUSZE.

Verlegeniu müezekheit
ist gote und der werlte leit. Iwein 7171.
Rehte unmuoze diu ist guot,
muoze der sêlen schaden tuot. Kindheit Jesu 1359.
Vergl.: Müssiggang
Ist aller Laster Anfang. K. 5467 u. ähnl. ebendort u. S. 7190—94.
Bî senedem leide müezekheit
dâ wehset iemer senede leit. Tristan 4, 5.
Vergl.: Tristan 4, 1 ff. —

MUTH.

Muot âne guot
muoz wesen unmuot. Frauenlob Spr. 41, 15.
Dâ muot, swâ guot, Frauenlob Spr. 250, 10.
Vergl.: Gut macht Muth. K. 3056 und ähnl. S. 4130 —4132.
Manmuot unt ritterlîcher muot, die krœnen einen heiden. Frauenlob Spr. 44, 19.
Armer liute reiner muot
næm ich für aller keiser guot. Freidank 179, 2.
Bezzer ist ein sicherr muot
mit frid denn aller keiser guot. Liedersaal 178, 295.
Muot erwecket swinden zorn. Frauenlob Spr. 335, 21.
Von vestem muote wehset trôst. Krone 7310.

NACHBAR.

Welh man vil pôser nachpauren hât,
der lob sich selbs; das ist mein rât. Fastnachtsp. 526, 6.
Vergl.: Wer sich selber loben muss, hat schlechte Nachbarn. K. 5517.
Deheiner slahte nezzelkrût
nie wart sô bitter noch sô sûr
als der sûre nâchgebûr. Tristan 378, 14.
Vergl.: Böser Nachbar ist Judenfluch. K. 5515. Böser Nachbar, täglich Unglück. K. 5519.

NACHT.

Bî vinsterr naht stilt der diep. W. Gast 8258.
Bî der naht tuot man vil,
des man tages niht tuon wil. W. Gast 8259.
Swaz man nahtes tuon mac,
daz meldet gar der liehte tac. W. Gast 8261.

Vergl.: Die Finsterniss sei noch so dicht,
Dem Lichte widersteht sie nicht. S. 2459. K. 1726.

NACHTIGALL.

Der nahtegallen und der krâ sanc
die gebent ungelîchen klanc. Krone 6302.
Der esel und diu nahtigal
singent ungelîchen schal. Freidank 142, 7. Carm. bur. CCIV, 20.
Der esel und diu nahtigal
die hânt ungelîchen schal. Diutisca I, 323.
Die nahtegal dicke müet,
swa ein esel od ein ohse lüet. Freidank 142, 9. Carm. bur. CCIV, 14.

Vergl.: Der Esel und die Nachtigall
Singen stets ungleichen Schall. K. 1539.

NAGEL.

Ich hœre sagen die wîsen,
ein nagel behalte ein îsen,
ein îsenz ros, ein ros den man:
ein man die burc, der strîten kan:
ein burc daz lant betwinget
daz ez nâch hulden ringet.
ein nagel der ist wol bewant,
der îsen ros man burc und lant
solher êren geholfen hât,
dâ von sîn name sô hôhe stât. Freidank 79, 19.
Ich hân gehœret manigen tac,

daz eteswenne ein nagel ein îsen wol behaben mac,
und ein îsen behabt ein ros, unt daz ros behabt ein biderben man.
Sô wirt ouch eteswenne erwert
ein burc von biderbem manne, unt von der burg ein lant ernert:
swaz grôzer dinge ergât, diu hebent sich von kleinen dingen an.
nagel, îsen, ros, burc, lant, diu vünviu wæren
bereit, wan daz mich dunket an den mæren,
wir hân dar zuo niht ganzes mannes. Reim. Zw.[1])

Vergl.: Ein Nagel erhält ein Eisen, das Eisen ein Ross das Ross den Mann, der Mann eine Burg und die Burg das ganze Land. S. 7299.

Ein nagel den andern dringet,
unz ern von stete bringet. Freidank 127, 4.

Vergl.: Einen Nagel schlägt man mit dem andern aus. S. 7291.

NARR.

Gesehende sint die narren blint. Boner 1, 40.

Vergl.: Vil sein mit gesunden augen blindt. Morszheim 222.

Nit vatter mutter weib noch kindt
ist mit gesehenden augen blindt. Ebd. 880.
Man sol narren mit kolben lûsen. Ritter und Nüsse 196[2]).
Man sol den narren mit kolben lausen. Fastnachtsp. 119, 35.
Des soll man jin mit kolben lusen. Narrenschiff 90, 12.

Vergl.: Narren muss man mit Kolben lausen. K. 5599. S. 7371. Narrenschiff Com. 433b.

Doch geschicht es ze den stunden,
daz ein närrli vindt ein list,
die dem weisen selczen ist. Ring 22b., 23.

---

[1]) MSH. II, 212b.   [2]) HGA. II, 282.

Vergl.: Blinde Henne findet wohl auch ein Korn. K. 3416.

Won es ist nu der welte sit,
daz die esel und die narren
zeuhent baid in einem charren. Ring 23b., 41.

Narren messer, hürren prüst
sicht man blecken oft umb süst. Ring 54a., 38.

Narren und frawen geschirre
machen die gantze welt irre. Ambr. Lb. 78, 52.

Vergl. S. 7413. Sieh Gefallen und Thor nach.

NATUR.

Swaz natûre gît, wer mac dem menschen daz genemen? Marner [1]).

Vergl. S. 7440.

Ich sagen fernt und hûre
alle ding ubent ir natûre. Morolf 2, 281.

Swer wider die natûre
wil ungewonlîch kriegen,
daz wirt im dicke sûre,
wil er natûr nâch der gewonheit biegen,
darnâch tuot wê swer muoz gewonheit brechen. Labers 382, 1.

Natûr ir geleich gewonhait dick behauset. M. Falkner 84, 5.

Sieh Gewohnheit.

NEID.

Grüene gel und weitîn
sol diu nîtvarwe sîn. Freidank 60, 5. Renner 13970.

Vergl.: Ich spür ein wunder dur diu lant
in gelwer, grüener varwe schîn. Marner [2]).

Nît tuot nieman herzeleit
wan im selben, der in treit. Freidank 60, 3. Boner 60, 43.

Vergl.: Neid macht Leid. K. 5661. S. 7465—69.

Den nît dunket fremdiu sât

---

[1]) MSH. II, 248b.

[2]) MSH. II, 240b.

vil schœner, denn die er selber hât. Renner 14342.

Vergl.: Frömder acker stuont ie baz
dan eigen sât; daz machet haz. Freidank 113, 4.

Der nît gêt ûf siben stîgen. Renner 14511.
Wirde und nît diu zwei diu sint
reht als ein muoter unde ir kint. Tristan 212, 5.
Nieman mac ze langer zît
grôz êre haben âne nît. Freidank 60, 13.
Er ist unwert, swer vor nîde ist behuot. Blikker [1]).

Vergl.: Neid ist des Glücks Gefährte. S. 7481. Glück und Ehre haben Neid zum Gefährten. S. 7483. K. 5663.

NESSEL.

Diu nezzel schiere wirt erkant,
swer si nimt in blôze hant. Freidank 135, 14.
Sun, si jehent alle, ez brenne fruo
daz zeiner nezzeln werden sol. Winsbecke 36, 1.

Vergl.: Was zur Nessel werden soll, brennt zeitlich. Nas. [2]). S. 7501. K. 5686.

NEU.

Niuwer dinge fröwet sich
ein ieglich man: sô tuon ouch ich.
Man fröut sich maneger niuwe,
diu schiere zergât mit riuwe. Freidank 119, 2.

NOTH.

Wan als uns sagent die wîsen,
daz noch nôt bricht daz îsen. Frauentreue [3]) 307.
Man twinget einen harten vlins
daz er clieben muoz durch nôt. Livl. Cron. 2438.

Vergl.: Noth bricht Eisen. K. 5756. S. 7575.

---

[1]) MSF. 118, 16.
[2]) Schöpf 71.
[3]) HGA. I, 271.

Ez ist ein wunderlîcher tant,
der sîn nôt schrîbt an eine want. Liedersaal 177, 31.

NÜTZEN.

Daz iuch niht vervâhen kan,
daz lât: daz ist mîn lêre. Klage 876.

OBST.

In mutando locum non mutant poma saporem. Mone Anz. VII, 505.

Doch swer ein obez trüege nâch Bern,
ez smacte nâch sînem stamme gern. Renner 7049.
Welh obez niht smekt nâch sînem stamme. Renner 8229.

Vergl.: Ich hab gehört und vernommen,
das mann inn frucht ein bawm erkenn. Morszheim 127. Die Frucht ist wie der Baum. S. 2851. K. 2026.

OCHS.

Kumt ein ohse in fremdiu lant,
er wirt doch für ein rint erkant. Freidank 139, 13.
Und fuer ain ochs durch alle land,
sô hieß man in doch nur ain rind. Wolkenstein XXII, 5, 1.
Hie heim ein rint, ein narre dort. Boner 99, 81.

Vergl.: Swer âne wîsheit ûz vert,
tuot er die widerkêre
âne vrum und âne êre,
da enist niht wunders bî gewesen. Stricker kl. Gd. 3, 172.

Vergl.: Hat ein Ochse Rindes Sitt,
das ist grosses Wunder nitt. K. 5810.
Fährt ein Ochs durch alle Land,
Wird er für ein Rind erkant. K. 5811.

Ohsen krône zimt niht wol. Marner[1]).

[1]) MSH. II, 251a.

Eim ohsen krône enzimt niht wol, in zager hende ein vil guot swert. Colm. 94, 30.

Swâ der ohse krône treit,
dâ hânt diu kelber werdekeit. Freidank 139, 17.

Vergl.: Wo der Ochs König ist, sind die Kälber Prinzen. S. 7633. K. 5827.

Verkaufft den ochsen, behalt die kuh. Ambras. Lb. 152, 6.

OFEN.

Ez dunket mich ein tumber sin,
swer wænt den oven übergin. Freidank 126, 20. Carm. bur. CCIV, 4.

Vergl.: Mit dem Ofen ist schwer um die Wette gähnen. S. 7656 und Freidank Anm. S. 374.

OHR.

Won mir got geruocht ze geben
ôren zway und einen mund.
Da pey schol euch auch wesen kund,
daz einer wenich reden schol,
hören vil, sô tuot er wol. Ring 19d., 22.

Zeinem ôren în, zem andern für. Parzival 241, 25.

Er lât ez durch diu ôren gar,
zem einen în, zem andern ûz. Wigalois 8, 12.

Alsam geschiht
dem bœsen man; swaz man im seit,
daz vert vür die wârheit
zeim ôren ûz, zem andern in. W. Gast 14716.

Du sprichst: lâ für ôren gân,
man muoz die leute reden lân. Suchenwirt 40, 185.

Vergl.: Zu einem Ohr hinein, zum andern heraus. K. 5849. S. 7672.

ORDEN.

Vil selten im gelinget
der wider sînen orden ringet. Helmbrecht 271.

Vergl.: Jeder halte sich nach seinem Stande. S. 9811. K. 7122.

PARADIES.

Du hâst dicke wol vernomen:
ze paradîs mac nieman komen,
ern müeze der helle ê bekorn. Reinhart 912.

PECH.

Swer heizez bech rüeret,
meil er dannen füeret. Freidank 118, 5.
Nam tangendo picem vix expurgaris ad unguem. Ruodlieb 457.

Wer daz pech rüeret an,
der selb wirt flecket dâvon. Vintler 6078.

Vergl.: Wer Pech angreift, besudelt sich. S. 7730. K. 5880.

PFARRE.

Nindert wære ein man baz dan dâ heime in sîner pharre. Neidhart 13, 7.

PFEFFER.

Ein pfefferchorn vil hässer ist,
dann ein grôsser haufen mist. Ring 45[b.], 17.

PFENNIG.

Wer der pfenning niht enhât,
der gang an der tôren rât. Diutisca I, 324.
Swer zeime helblinc ist erborn,
wirbt der nâch zwein, er ist verlorn. Freidank 111, 10.
Ich hœr sagen und weiz ez wol:
wer zu einem helbling sî erborn,
werb der nâch zwein, ez sî verlorn. Liedersaal 245, 8.
Wer zuo drîn helbling ist geborn,
der kan zuo zwein pfenning niemer komen. Wackern. Lb. 836, 6. Diutisca I, 325.
Pfenningsalbe wunder tuot,
si weichet manegen herten muot. Freidank 147, 17.

Pfenningsalbe wunder tuot,
si heilet mangen herten muot. Renner 685.
Vergl.: Pfenningssalbe schmiert wohl zu Hofe. S. 7830.
Wer penningen hat der selbe gat
gewaltig fur. Muskatblut 63, 49.
Des pennyngis clang hat nu furgang
wan man kumpt vur gerichte. Muskatblut 73, 41.
Einer vrâget mich der mær:
waz daz allersterkist wær?
Dô sprach ich: „her biderman,
swer die bibel lesen kan,
dâ stêt wol geschriben bî,
daz ein herre vrâget drî:
waz daz sterkist müge gesîn?
Dô sprach einr: ez wær der wîn;
einer: ez wæren wîp;
einer: des küniges lîp,
der wære starc vür alliu dinc.
Dô spræche ich: der phenninc.
der hab noch die grœsten kraft,
wan er hab die herschaft,
daz im al diu werlt nachzôget. Teichner 44[1]).
Vergl.: Dann ytz vntrew vnd falsches gelt
regiren alle stend der welt. Morszheim 93.
Geld ist der grösste Held. S. 3237.
Geld behält das Feld. S. 3238. K. 2340 ff.
Einer vrâget mich der mær:
wer der beste vriunt wær,
den der mensch gehaben kan?
dô sprach ich: nâch mînem wân,
sô weiz ich under allen mâgen
bezzers niht, torst ichz gesagen,
dan den pfenninc. swer den hât,
der ist wert an aller stât. Teichner 228[2]).
Vergl.: Geld bringt Gunst. S. 3322.

[1]) Denkschriften VI, 111. [2]) Denkschriften VI, 157.

Minnesanc und ritterschaft,
daz wirt allez gewegen ring,
als man siht die pfenning. Teichner 291 [1]).
Pfenning, nyd, früntschafft, gwalt vnd gunst
zerbrechen yetz recht, brieff vnd kunst. Narrenschiff 46, 61.
Gewalt, gelt, neyt vnnd gunst
bricht recht trew vnd kunst. Narrensch. Com. 383[a].
Wer umb ein phenning gît ein phunt,
und ein phert umb einen hunt,
und umb ein helbling kriegen kan,
der dunkt mich nicht ein wîser man. Boner 56, 55.
Wer dâ hât pfenning vil,
der kauft im lieb, wie viel er wil. Kellers Schwänke 26, 3.
Komt der pfennig geloffen,
so findt er thür und thor offen. Ebd. p. 71.

PFLANZE.

Vor dem snite sô setzet man die phlanze. Neidhart 12, 39.

PFLEGEN.

Swer des vromen swache pfliget,
dâ bî des bœsen wol,
der hât sie beide verlorn. Spervogel [2]).

PREISEN.

Ich spriche ez nâch den wîsen,
man sol kein dinc niht prîsen,
biz man besiht wie ez ein ende welle geben. Colm. 20, 1.
Siehe Ende p. 28.

PRIESTER.

Der pfaf der gluot niht begert
al die wîle daz opfer wert. Diutisca I, 324.
Swâ diu natûr verirret ist,
waz schict dâ hôher phaffen list. Boner 99, 74.

---

[1]) Denkschriften VI, 168.   [2]) Pfeiffer 79.

PROFET.

Man siht vil selten wîssagen
in sîme lande krône tragen. Freidank 119, 6.
Niemand wol gewesen mag
ein prophet in seinem land,
won er ist ze wol bekant. Ring 24c., 20.

Vergl.: Der Profet gilt nirgend weniger, als in seinem Vaterlande. K. 6079. S. 8021.

RABE.

Des raben stimme ich fliehen wil:
sîn âtem tœtet vederspil. Freidank 142, 17.
Selten wir gesehen haben
swarze swanen und wîze raben. Renner 8426.
Wer baden will ainen rappen weiß
vnd daran legt sein gantzen fleiß,
der tut, das da vnnutz ist, gern. Keller Schwänke 5, 1.

Vergl. Narrenschiff Com. 446b. und
Es hilft kein Bad am Raben. S. 8054.
Der Raben Bad und der Huren Beichte sind unnütz. S. 8055. K. 6098. S. oben Krähe.

Wer singt cras cras glich wie eyn rapp
der blibt eyn narr bisz jnn syn grapp. Narrenschiff 30, 35.
vnd singt cras, cras, des rappen gsang. Ebd. 31, 7.
Raben und Tauben gehören nicht auff ein Hauffen. Nas.[1]).

RACHE.

Als daz alte sprichwort sprichet:
swen der wolf richet,
der ist errochen alsô wol,
daz mans niht fürbaz rechen sol. Klage 327, 15.[2])

S. Wolf.

Ich hœre wîse liute jehen
und si gemeine sprechen,

[1]) Schöpf S. 71. [2]) Vollmer.

daz sînen schaden rechen
vil manger dicke welle,
der mit der râche velle
sich in grœzer ungemach. Troj. Kr. 13058.
Man sol die râche mîden,
diu schaden ûf den rücke ladet.
swer alsô richet, daz er schadet
im selben, der ist wîse niht. Troj. Kr. 19068.
Swer sich alsô richet,
daz er sich selbe stichet,
der hât sich niht wol gerochen. Freidank 65, 8.
Ez dunket mich ein tumber muot,
swer im selbe schaden tuot
sîme nâchgebûre ze leide. Freidank 65, 22.
Erst tumbe, sammir got,
der mit schaden richet
daz man im gesprichet. Reinhart 162.
Er ist mit sehenden ougen blint
der al sîn leit wil rechen. Colm. 121, 25.

Vergl.: Wer Alles will rächen
Manu bellatoria,
Die Kraft wird ihm gebrechen,
Nec erit victoria. S. 8065.

RAD.

Der wagen hât deheine stat,
dâ wol stê daz fünfte rat. Freidank 127, 12.
Ein klosterlugner bœser ist
und arger denn des tiuvels list:
er verirt daz klôster, hœr ich sagen,
recht als daz vünfte rat den wagen. Boner 84, 83.

Vergl.: Er ist das fünfte Rad am Wagen. K. 6112. S. 8071.

RATH.

Wîser rât
vil volge hât. Hohenfels [1]).

[1]) MSH. I, 207 b.

Swer volget guotem râte,
dem misselinget spâte. Iwein 2153.
Der guotem râte volgen wil,
der gewinnet nicht nâriuwen vil
um sîn werk. Boner 30, 39.
Dicke wîses mannes rât
wîsem man ze guote ergât. Flos 5324.
Swer tuot swaz er tuot mit rât,
den riuwet selten sîn getât. W. Gast 12999.
Ez ist niut sô guot, sô guoter rât;
der mensche ist sælig, der den hât. Boner 30, 37.
Swer âne rât gerne tuot,
der treit dicke riwegen muot. W. G. 12997.
Vergl.: Mit Rath gethan
Niemand gereuen kann. K. 6122.
Swacher rât
ze vinster gât. Hohenfels [1]).
Jetwederez sîn reht hât,
langer rât und snel getât. W. Gast 13161.
Vergl.: Zum Rath weile,
zur That eile. K. 6128. S. 8086.
Uf snellin rad
sal nimant alzu ser getruwe,
do komit dicke nach ein tad
die manche zid mag geruwe. Ritterspiegel 2513 [2]).
Vergl.: Jäher Rath hat Reue zum Gefährten. K. 6129. S. 8089—91.
Ze rehte ez ûf in selben gât,
der dem andern rætet valschen rât. Freidank 146, 17.
Swaz ræte ein valscher bringet,
die kument ûz swachem grunde. Frauenlob Spr. 412, 6.
Der wol rât und übel tuot,
des menschen rât ist selten guot. Boner 90, 33.
Der mag ein râtgeb wesen guot,
der râtet, daz er selber tuot. Boner 90, 37.

---

[1]) MSH. I, 207b. [2]) Bartsch md. Ged. 167.

Und ist ein altsprochen wort:
swer râtes vrâgt, der suoche guot. Teichner 31.
Ân rât tuot selten jemen wol. W. Gast 12996.
Swer wirde wil erwerben, der smæhe wîsen rât und lêre selten. J. Titur. 2020, 4.
Manec man gît guoten rât
der im selben keinen hât. Buch der Rügen 5.

RECHT.

Nieman alsô rehte tuot,
daz ez alle liute dunke guot. Freidank 106, 18. Morolf II, 413.

Vergl.: Wer's Allen recht machen kann, ist noch nicht geboren. S. 8245. und
Mich müet, swie wol iemen tuot,
ezn hât der fünfte niht für guot. Freidank 106, 22.
Siehe Alles p. 11.

Das recht hât gar ain waxe nas,
es lât sich piegen als der has. Wolkenstein XXVI, 122.
Sie ziehent daz reht umb bî der nasen. Renner 8467.
Das recht hat ein wächserne nasen. Nas. p. 71.

Vergl. K. 6208. S. 8217.

Dat recht brengt man zuo hove vort,
dat der here gerne hort. Lewe [1]) 3.
Ez ist ain alt gesprochen bort,
recht tuon das sey ain grôsser hort,
wan es kumbt alles an den tag. Wolkenstein XC, 3, 5.
Swer ze rehte kan getragen
zuht unde rîcheit,
daz ist michel sælekheit. Eraclius 1738.

REDE.

Rede âne got sint tôren spel. Spervogel [2]).
Rede nieman verbieten kan. Boner 53, 71.
Süeziu rede senftet zorn. Freidank 64, 12.

---

[1]) Reinhart p. 388. [2]) Pfeiffer p. 76

Rede mit wîstuom vrumt. Krone 13.
Guot rede ist ûf der erde
im aller hœhsten werde. Freidank 64, 14.
Ein wîse man gesprochen hât,
daz diu rede missestât,
diu âne witze geschiht. Krone 1.
Swer wol reit unde übele tuot,
der hât niht gar getriuwen muot. Freidank 123, 12.
Wande über elliu übel ist
guotiu rede mit bœsem list.
Einvaltiu rede, zwîvalter muot
die machent übel dunken guot. W. Gast 2017.
Vil rede ist selten âne luc. Colm. 20, 16.
Vergl.: Wer viel redet, lügt viel. K. 6244.
Lengeu red stêt ubel an. Ring 20[c.], 26.
Vergl.: Kurze Rede, gute Rede. K. 6230.
Swer reden und ouch swîgen kan
ze rehte, der ist ein wîser man. Renner 1258.
Ze mâze reden swer daz kan,
und ouch ze mâze swîget,
den kleidet mâze in êren wât. Damen [1]).
Reden unverdâhtez schadet. Damen [2]).
Vergl.: Reden unbedacht
Hat bald Schaden gebracht. K. 6254.
Ez ist noch und was ie:
swer ez an der rede hat,
daz er geswichet an der tat. Herbort 15053.
Vergl.: Freche Rede, zage That. K. 6236. S. 8271.

REGENBOGEN.

Swer umbe dise kurze zît
die êwigen fröude gît,
der hât sich selbe gar betrogen
und zimbert ûf den regenbogen;
swenne der regenboge zergât,

[1]) MSH. III, 166[a.]
[2]) Ebd.

son weiz er wâ sîn hûs stât. Freidank 1, 7.
Der ûf den bogen regenes zimbert, der kan sich niht lange gefristen. J. Titur. 4048, 2.
Man spricht: er werd vil dicke betrogen,
wer zimbert ûf ein regenbogen. Liedersaal 243, 153.
Dem würt zuo letst nüt anders me
dann das syn won jnn hatt betrogen,
so er buwt vff eyn regenbogen. Narrenschiff 92, 5.
Den ê ûf den regenbogen
mit fröuden was gebouwen. Klage L. 2338.
Künd ich mir ûf den regenbogen hûsen. Colm. 39, 25.
Die in heten under in erzogen,
von den er ûf den regenbogen
vil selten ward gesetzet. Biterolf 2016.

Vergl.: Freidank 1. Aufl. p. 319 u. Narrenschiff Com. p. 434b.

REICH.

Der rîche gewinnt nimmer ze vil,
wan die natûre hât daz guot,
daz ez machet gireschen muot. W. Gast 8136.

Vergl.: Je reicher, je kärger. K. 6278. S. 2353.

Rîchtuom macht niemen sorgen vrî. W. Gast 2708.
Won ein sprüchwort saget daz,
dem der seckel stecket vol,
den hört man gern und gelaubt im wol. Ring 28a., 15.
Swer ze rehte kan getragen
zuht unde rîcheit
daz ist michel sælekheit. Eraclius 1738. Sich Pfennig.

REUE.

Riuwe ist aller sünden tôt. Sporvogel[1]). Freidank 35, 6.
Swer mit sünden sî geladen,
der sol sîn herze in riuwe baden. Freidank 35, 4.

Vergl.: Reu macht die Seele frei. K. 6344.

---

[1]) Pfeiffer p. 83.

RHEIN.

Swer der Rîn mit leime wil verswellen,
der hât mîn, swie tumbe ich sî, ze helfe niht. Marner [1]).

Vergl.: Man kann den Rhein wohl schwellen, aber nicht stellen, S. 8445. K. 6348.

Für Megenze gât
die wîle des klâren Rînes harte vil. Wartburgkrieg 24, 15.

Vergl.: Bis dahin läuft noch viel Wasser den Rhein hinunter. S. 11239 u. Germania VII, 187.

RICHTER.

Dur rihter willen, hœr ich sagen,
muoz man dem weibel dick vertragen. Boner 78, 37.
Besser ist ze aller frist
ze rihten zwüschen veinten zwain,
danne zwüschen freunten gemain. Ring 46^d., 14.

RIEMEN.

Es ist nicht umb einn riemn allain,
wisst, es gilt die hant gemain. Ring 45^d., 22.
Ein man den riemen snîden sol
nâch der hiute; daz stât wol;
machet ern riemen iht ze breit
daz wirt im an der hiute leit. Freidank 114, 19.

Vergl.: Man schneidet die Riemen, nachdem die Haut ist. K. 6355.

RINGEN.

Man seit, swâ man ringe nâch, des werde
ime ze leste doch sîn teil. Luppin [2]).
Daz man sprichet: dar nâch man werbe, des werde meist dem man. Rotenburg [3]).

Vergl.: Wer darnach ringt,
Dem gelingt. S. 8472.

---

[1]) MSH. II, 238^b.

[2]) MSH. II, 22^b.

[3]) MSH. I, 83^a.

Wie einer ringet
So es gelinget. K. 6360.

RITTER.

Hie bezzer ritter, danne knecht. Ring 51[d.], 44.
Nieman ritter wesen mac
drîzec jâr und einen tac,
im gebreste muotes,
lîbes alder guotes. Walther L. 88, 1.
S. Jahr.

R O M.

Es ward Rom gestifftet nicht
aines tages, als man da gicht. Hätzlerin 137[b.]
Vergl.: Rom ward nicht in einem Tage gebaut. K. 6374. S. 8496.
Swer Rômer site rehte ersiht,
der bezzert sînen glouben niht. Freidank 148, 12.
Vergl.: Hüte dich vor Rom, wenn du fromm bleiben willst. K. 6377. S. 8508.
Swenn alle krümbe werdent sleht,
sô vindet man ze Rôme reht. Freidank 152, 2.
Rôme ist ein geleite
aller trügenheite.
die heilgen sol man suochen dâ,
guot bilde suochet anderswâ. Freidank 152, 4.
Vergl.: Je näher Rom, je bösere Christen. K. 6376. S. 8509.
Dem ist gleich geschehen,
als sei er zu Rom gewesen und hab den babst nit gesehen.
Fastnachtsp. 1457, 36.
Vergl.: Er ist in Rom gewesen und hat den Pabst nicht gesehen. K. 6380. S. 8501.
Offt ains gewissen ist sô lam,
und krumbt sich als der weg gên Rôm. Wolkenstein XXVI, 390.
Vergl.: Es ist so eben wie der Weg nach Rom. S. 8498.

ROSE.

Swâ sich diu rôse erzeiget,
dâ reiget der dorn an daz zwî. Marner [1]).
Nu siht man doch bekomen rôsen von dem dorne. Suezkint [2]).
Wâ wehset âne spriu ein korn,
rôs âne dorn? Frauenlob Spr. 70, 14.
Wan diu rôse ist hie niht âne dorn. Krone 20415.
Diu rôse ist in deme touwe
ein liehte aneschouwe,
ir stam ist dannoch dorne vol. Georg 4026.

Vergl.: Keine Rose ist ohne Dornen. K. 6386. S. 8520.

Sumelîche rôsen kunnen stechen,
rehte rôsen die sint aller wandelunge vrî. Neidhart 95, 4.
Dern darf deheine sorge haben,
daz in der hagen iht ange,
so er nâch den bluomen lange,
daz in der zorn iht steche
sô er die rôsen breche. Tristan 453, 34.

Vergl.: Wer Rosen bricht,
die Finger sticht. K. 6383. S. 8522.

ROSS.

— Biz daz sîn habe
kume von dem rosse zu dem stabe. Renner 8482.

Vergl.: Vom Pferd auf den Esel. S. 7875. K. 5975.

ROST.

Rost izzet stahel und îsen,
sam sorge tuot den wîsen. Freidank 58, 5.
Wan daz herze dâ der haz
inne lît verborgen,
daz versmelzent sorgen

[1]) MSH. II,238a. [2]) MSH. II, 258a.

sam der rost daz îsen. Flos 7930.
Rost daz îsen zert. Frauenlob Lied. 13, 3, 1.
Vergl.: K. 6397. S. 8551.

ROTH.

Im was der bart unt daz hâr
beidiu rôt, viurvar.
von den selben hœre ich sagen,
daz si valschiu herze tragen. Wigalois 76, 17.
Ez süllen vrouwen unde man
den rôten gesellen lâzen gân. Boner 73, 49.
Er liez sîn gesellen an der nôt,
als noch tuot der geselle rôt. Boner 73, 29.
Wan wenne ez gât an rechte nôt
sô lât er dich, wan er ist rôt. Boner 73, 47.
Kurzen mit dêmüete
und rôten mit güete
und langen man wîsen
die drî sol man prîsen. Freidank 85, 19.
Ungetriuwe sint die rôten. Fragm. 28[b.]
Non tibi sit rufus unquam specialis amicus.
si sit is iratus, non est fidei memoratus;
nam vehemens dira sibi stat durabilis ira.
Tam bonus haut fuerit, aliqua fraus quin in eo sit,
quam vitare nequis, quin ex hac commaculeris. Ruodlieb 452.

Vergl.: Roth Haar, bös Haar. S. 8562. Reinhart XXX. und Wirnts Verse:

swie sîn hâr ist getân:
ist et er ein getriuwer man,
diu varwe im niht geschaden kan. Wigalois 76, 29.

Ueber den Ursprung dieses Volksglaubens sieh Wolfs Beiträge z. Deutsch. Myth. I, 64.

Rôtpart und erlîn pogen,
thuens recht, sô muoß mans loben. Mone Anz. VII, 501.

Ein rôter bart und erlenbogen,
für diese dreizehn noch so viel
gibt niemand gern ein pappenstiel. Keller Schwänke p. 76.
Vergl.: Erlenholz und rothes Haar
Sind auf gutem Boden rar. S. 8555.
Rother Bart und Erlenbogen
Gerathen selten, ist nicht erlogen. S. 8556.

RÜHMEN.

Swer sich gerüemet alze vil,
der kan der besten mâze niet. v. Eist [1]).
Ruom hât vil krankiu bein,
er muoz hinden blîben ein. W. Gast 3753.

SACK.

Swer inme sacke koufet
und sich mit tôren roufet
und borget ungewisser diet,
der singet dicke klageliet. Freidank 85, 5.
Man spricht, wer in dem sacke koufe
und ofte sich mit tôren roufe,
und porgt sîn guot ungewisser diet
der singe vil ofte clageliet. Renner 6197.
Ich sage dir, herzeliebez kint,
wir koufen in dem sacke niht,
ob wir hie unser zwîvelleben
umb einez daz uns iemer wert
mit fröuden willeclîche geben. Winsbeke 63, 5.
Man koufet daz vil selten
in dem sacke und ungesehen,
des man ze gewinne müge jehen. Stricker kl. G. XI, 8.
Vergl. K. 6437. S. 8652.
Swâ wesent tumbe liute
dâ sint rüeben und sac verlorn. Betevart 30 [2]).
Der louch gât sô niht in den sac. Winsbeke 43, 7.

---

[1]) MSF. 33, 33. [2]) Reinhart S. 392.

Si (gottes minne) gât niht slâfende in den sac. Lobges. 1, 11.

Die vasnacht und des maien pfat
die pfeiffen vast aus ainem sack. Wolkenstein 49, 3, 1.

Wizzet daz man niht vüllen mac
einen durchstochen sac,
die wîl er niht verschoben ist. W. Gast 14725.

Dem sack dem ist der boden vsz. Narrenschiff 63, 10.
Vergl. Com. 401b.

Wer andere stoßen wil jnn sack
der wart ouch selbs des backenschlack. Narrenschiff 69, 7.
Vergl. Com. 410a.

Den dornzûn unde den sac
nieman wol versüenen mac. Freidank 123, 10.

Wan yeder man zucht in synen sak. Muskatblut 66, 73.
Vergl.: Es denkt jeder in seinen Sack. S. 8656. K. 6450.

SÄEN.

Wer dâ bôsheit sêwet,
mit recht er alle bôsheit mêwet. Morolf II, 220.

Die liute snîdent unde mænt
von rehte als si den acker sænt. Freidank 3, 6.
Vergl.: Wie die Saat, so die Ernte. S. 8610 u. ähnl. 8615—17. K. 6425 und 6430.

Wer seet der schneid zu seiner zeit. Ambras. Lb. 187, 17.

Der will verderben ee dann zytt,
der jm nit segt, vnd andern schnyt. Narrenschiff 58, 15.

SAGEN.

Er ist unnütze lebende,
der allez sagen wil, daz er weiz. v. Seveligen [1]).

Seit ich halbez daz ich weiz,
sô müestich bûwen vremden kreiz. Freidank 74, 27.
Vergl.: Sage nicht alles, was du weisst. K. 6462. S. 8670.

---

[1]) MSF. 14, 24.

SAND.

Swer sant und ouch der sternen schîn
wil zeln, der muoz unmüezec sîn. Freidank 59, 4.
Vergl.: Den Sand zählen. K. 6480 und
regens tropfe erzeln, des mêres griez. Marner [1]).
dâ ist dîner genâden mê
danne griezes in dem sê. Wernher 3 Lied. 457.
mêr sælden unde güete,
denn in des meres vlüete
sî griezes unde sandes. Gold. Schmied 1743.
Der die sterne hât gezalt. Parz. 659, 20.
Ir wizzent, herre, selber wol,
daz man verliuret alzehant,
waz man gesæjet ûf den sant,
wan dâ niht frühte wirt gesehen. Troj. Kr. 21136.

SANG.

Sanc âne fröide ist kranc. Morungen [2]).

SÄUMEN.

Sûmunge schât dem snit und schât der sæte. Walther W. 63, 4. L. 85, 17.

SCHABEN.

Von dem gewant pern sich die schaben,
von den frawen pirt sich das vnrecht gar. Vintler 701.

SCHADE.

Ein schade dicke den andern bringet,
ein tugent nâch der andern dringet. Haslau 465 [3]).
Ein alt sprichwort hân ich vernomen,
daz manigem ze tiure ist komen:
wenn ez dem manne missegât,
daz nôte ein schade eine stât,
er enbringe zwêne oder drî. Livl. Chron. 6101.

---

[1]) MSH. II, 246a.
[2]) MSF. 123, 37.
[3]) H. Zeitschr. VIII, 564.

Vergl.: Kein Unglück allein. K. 7738.

Ist ein altes sprichwort,
als ir dicke hânt gehôrt:
schade der het gerne spot. Martina 63, 89.

Der schadehafte erwarb ie spot:
saelden pflihtær dem half got. Parz. 289, 11.

Vergl.: Wer den Schaden hat, braucht für den Spott nicht zu sorgen. S. 8798.

Ein schade ist guot, der zwêne frumen gewinnet. Walther W. 23, 12. L. 19, 28.

Swer deheinen schaden vertragen kan,
dâ wehset dicke schade van. Tristan 9, 1.

Der dinge verkêret sich vil,
daz ein dem andern schaden wil
und daz er im vil gar gevrumt. Iwein 6663.

Ich hân gehôret jehen,
daz schade nâch gelücke kumt. Biterolf 2925.

Vergl.: Wem's Glück die Hand bietet, dem schlägt's gerne ein Bein unter. K. 2734 und 2739.

Gemeiner schade tuot allerminnest wê. Frauenlob Spr. 268, 6.

Vergl.: Gemeinsam Unglück rüstet wohl. K. 7736.

Von schaden, giht man, manger wîse
werde. Künzingen [1]).

Vergl.: Durch Schaden wird man klug. K. 6520. S. 8777.

Schadlî wâger dann ein schad. Ring 31c., 40.

Vergl.: Besser ein Schadel denn ein Schaden. K. 6527.

Wan niemen kan geschaden, swer für guot hât swaz er tuot. Singenberg W. 214, 2.

SCHALE.

Swer die schalen vor hin dan schelt,
der siht alrêste den kernen. W. Willeh. 322, 14.

---

[1]) MSH. I, 303a.

SCHALK.

Ein schalk den andern hinder gât
recht als der vuchs mit vuchse vât. Boner 35, 41.
Und sol ouch sîn ein meisterschaft,
swer schalk mit schalke vâhen kan. Renner 8682.
Ein schalk den andern schelken sol. Boner 50, 57.
Swâ ein schalke wirt beschalket,
ich waen daz sî ân sünde,
der schalkes fuor fürwalket
und findet schelklîch niuwes schalkes fünde. Labers 431, 1.

Vergl.: Willst du'n Schalk fahen, so stelle einen Schalk in die Luken. K. 6551. Schälke muß man mit Schälken fangen. S. 8840.

Schelke soltû mîden,
wildu niht schande lîden. Cato 519.
Slüffe ein schalk in zobeles balc,
dannoch wære er drinne ein schalc. Freidank 49, 19. Renner 7164.

Vergl. S. 8856.

Schalkes herz hât mangen wank. Renner 7162.
Der schalc mit valsche nîget,
so er ze hôhe stîget. Freidank 49, 21.
Swâ man dem schalke ein spanne
gewaltes lât, dâ wil er drî. Frauenlob Spr. 324, 1.
Cum servo nequam palmus datur, accipit ulnam. Mone Anz. VII, 505.

Vergl.: Läßt man dem Schalk eine Hand breit, so nimmt er eine Elle lang. K. 6557. S. 8848.

SCHAM.

Der êren spiegel ist diu scham. Marner [1]).
Sist aller tugende spiegel gar:
bî schame nimpt man aller guoter dinge war. Seven W. 261, 2.

---

[1]) MSH. II, 250b.

Êren besme daz ist scham. Freidank 53, 16.
Scham ist ein diu hôhste tugent. Marner [1]).
Scham ist ein krône
diu zieret vrouwen schône. Hohenfels [2]).
Schame ist bezzer danne silber unde golt. Seven W. 260, 18.
Swer scham hât, der mac vriunt gewinnen. Ebd. 261, 1.
Diu scham diu lêret guote sitte
und lât niht gern ûz êren tritte. Martina 19, 90.
Vergl.: Wo Scham ist, da ist Ehre. S. 8870.
Wo Scham ist, ist Tugend. S. 8871. K. 6569.
Diu scham diu ougen zieret. Martina 19, 98.
Vergl.: Die Scham ist in den Augen. S. 8869. K. 6571.
Waz solten frowen âne scham,
reht als die spelten âne ram?
Scham ist allir tugend ein zoum,
ist alliz âne scham ein troum. Martina 19, 102.
Vergl.: Wenn die Frau ihre Scham verliert, so geht sie davon ohne Zaum. S. 8877.
Diu scham gît allen tugenden wât.
Scham cleidit wîp und darzuo man. Martina 20, 4.
Verschamter lîp, waz touc der mêr? Parz. 170, 16.

SCHANDE.

Swer ime selbe koufet spot, der muoz die schande hân.
Rosengarten 2051.
Ez ist bezzer heimlich schade zwâr,
dan schande lîden offenbâr. Morolf II, 262.
Heimlicher schad ist pesser vil,
dann offne schand. Fastnachtsp. 526, 21.
Es ist ein gesprochen wort,
das hân ich ie und ie gehôrt:
wer dô geschendet ist,
der wolt gern zuo aller frist,
daz iederman geschent wære. Dioclet. 1835.
Schand ende hât. Colm 51, 36.

---

[1]) MSH. II, 250b.   [2]) MSH. I, 207b.

SCHATZ.

Begraben schatz, verborgen sin,
dâ hât nieman von gewin. Freidank 147, 9.
Verborgen schatz und wîstuom
diu sint ze nutze cleine vrum. Krone 11.
Begraben hort, verborgen sin der werlte vrumt
alsam der iuweln vluc. Marner [1]).
Waz sol golt begraben, des nieman wirt gewar? Morungen [2]).
Vergl.: Verborgner Schatz ist der Welt nichts wert. S. 8899. K. 6591.
Begrabner Schatz, verborgner Sinn,
Ist Verlust ohne Gewinn. S. 8900. K. 6593.
Schaz überwindet unde bringt unstætikait. Colm 55, 12.
Minne schatz und grôz gewin
verkêrent guotes mannes sin. Renner 12910. S. Herz.

SCHEEREN.

Sô ist bezzer schern dan schinden. Freidank 155, 20.
Nieman alsô nâhe schirt,
sô dâ ein bûre ein herre wirt. Freidank 122, 11.

SCHEIDEN.

Ez wær allez guot,
wan daz scheiden wê tuot. Liedersaal 177, 3.
Wand im tete daz scheiden wê. Iwein 6513.
Daz scheiden tete ir herzen wê. Iwein 2960.
Vergl.: Scheiden und Meiden thut weh. 8909. K. 6597.

SCHELTEN.

Wolde ich mich selber schelden,
mich sulde ieman loben selden. Morolf II, 240.
Ez vint an ime ein ieglich man
ze schelten gnuoc, derz merken kan. Freidank 62, 12.
Swer niht wizze wer er sî,
der schelte sîner gebûre drî. Freidank 62, 16.

---

[1]) MSH. II, 248b. [2]) MSF. 137, 3.

Swes leben ich schilte, der schilt daz mîn. Freidank 62, 24.
Swer schiltet wider schelten,
der wil mit schelten gelten. Freidank 63, 2.
Vergl. K. 6619.
Swer sich scheltens wil begân,
der muoz der nasen angest hân
und der zungen diu ez sprichet;
an den beiden man ez richet. Freidank 63, 14.
Nieman mac sich lüge erwern,
noch vor schelten wol ernern. Freidank 63, 8.
Nieman den beschelten kan,
der êre selbe nie gewan. Freidank 63, 10.
Sîn lant nieman schelten sol
noch sînen herren; daz stât wol. Freidank 63, 6.
Lât schelten ungezogeniu wîp:
dien mugen niht gevehten. Iwein 5012.
— Wie zimt daz helede lîp,
daz si suln schelten, sam diu alten wîp? Nibel. 2404.

SCHEMMEL.

Die schamel die dâ solden ligen
under den benkn, die sint gestigen
ûf die benke: diu banc ist
ûf dem tisch ze langer vrist. W. Gast. 6439.
Vergl.: Die Schemmel wollen auf die Bänke steigen. S. 8950. —
Nû sitze ich ûf dem schamel, unde er oben ûf der banc. Neidhart 79, 35.
Nû muoz ich ab der banc
ûf den schamel sitzen. Otokar 84[b].
Darumb so dringt dâ manger stuol
für alle tisch und penck,
der pillîch wol ain schamel wêr,
wann man im rechnen solt der êren swêr. Wolkenstein XX, 1, 15.
Man dringet umb den vürganc,
lær sint die schemel, vol diu banc,
si stîgent an dem übermuot. Helbling VIII, 649.

SCHERZ.

Bœser schimpf ward nie guot. Ring 60, 11.

SCHLAFEN.

Ez ist mir âne zwîvel kunt,
ez loufet selten wîsiu mûs
slâfender vohen in den munt. Winsbeke 42, 8.

Vergl. S. 6923.

Ez wirt vil selten hirz erjeit
mit slâfendem hunde;
træges wolves munde
geschiht von spîse selten guot. Wigalois 77, 19.

Vergl.: Nemo stertendo victoriam cepit nec luporum quisquam cubando cadaver invenit. Saxo Gram. 5. —

Dem schlummernden Wolf glückt selten ein Fang,
Noch schlafendem Mann ein Sieg. Hawamal 57 [1]).

SCHLAGEN.

Sleht geslagen ist schier gesliffen. Diutisca I, 324.

SCHLEGEL.

Genuoge hânt des einen site
und sprechent sus, swer irre rite,
daz der den slegel fünde. Parzival 180, 9.

SCHLOSS.

Dehein slôz verhabt den muot. W. Gast 1209.

SCHMIED.

Ein smid der sol die zange wol erkennen. Labers 407, 5.

SCHNECKE.

Swem gæhes boten nôt geschiht,
dern bedarf des snecken niht. Freidank 146, 19.

Ein snegge sîn natûr verkôs,
sîn trâgkeit in vil sêr verdrôz. Boner 64, 1.

---

[1]) Simrock. Edd. p. 104.

Der snecke unde der regenwurm,
die hebent vil selten grôzen sturm. Freidank 146, 21.
Vergl.: Lass mich mit dir laufen, sagt die Schneck zum Boten. S. 9138. K. 6727. Es geht wie auf der Schneckenpost. K. 6728. —

SCHÖNE.

Michels boumes schône
machet dicke hône. Pf. Konrat 26[a].
Ez ist doch wâr ein wörtelîn:
schœne daz ist hœne. Tristan 447, 8.
Ir sint, âne lougen, schœne,
doch ist schœne dicke hœne. Winterstetten [1]).
Man siht manege schœne,
diu ist gar hœne. Freidank 104, 20.
Doch iuwers lîbes schœne
wil werden mir ze hœne. Liedersaal 173, 139.
Nimt er eine schœne,
man spricht: si ist ze hœne. Fragm. 28[c].
Dâ was schœne unhœne. Türheims Wilh. 61[b].
Vergl. S. 9164 ff.
Schœne ist ân sin ein schwachez phant. W. Gast 828.
Under schœnem vel ist valscher rât. W. Gast 662.
Vergl.: Der Schönheit ist nicht zu trauen. S. 9174.

SCHONEN.

Schône du mîn, sô schône ich dîn,
sît wir beide schuldec sîn. Renner 7576 u. 15364.
Denn schône du mîn, sô schôn ich dîn. Renner 13340.

SCHULD.

Dô wart diu wârheit wol schîn
des sprichwortes, daz dâ giht,
daz schulde ligen und vûlen niht. Tristan 138, 22.
Ein alt sprichwort giht:
alt schult lît und rostet niht. Krone 18836.

---

[1]) MSH. I, 154[b].

Hector liez an im werden schîn,
daz schulde lît und rostet niht. Troj. Kr. 36588.

Vergl.: Alte Schuld rostet niht. K. 6777. S. 9231. Die Schulden liegen und faulen nicht. S. 9232.

SCHULTHEISS.

Sô dû schultheize bist,
sô füer ûz dînen mist,
sô wirt berhaft dîn mist,
sô dû nümme schultheize bist. Heinzelin Ml. 2023.
Darumb die weil du amptmann bist
vergeß nit uszufüren mist. Morszheim 541.
Laß aus dem hof führen deinen mist
mit vortheil weil du schultheisz bist,
aber doch baw zuvor ein haus,
der mist kompt hernach auch hinausz. Kirchhof Wendunmut p. 145a.

Vergl.: Fahr deinen Mist,
Zu Felde, weil du Schultheiss bist. S. 9277.

SCHWAB.

Hab geding und lâß es nicht,
ob dir joch niemer guot geschicht;
won oft ein Swâb der nimpt sein end
mit guotem trôst, der smerzen went. Ring 30b 7.

Vergl.: Gott verlässt keinen Schwaben. S. 9310.

SCHWALBE.

Ein swalbe ouch nicht bringet
den lenzin wan si komit geflogin. Ritterspiegel 1789.

Vergl.: Wanne vile swalbin komen
von dem sudin her geflogin,
so werdit der lenze vornomen,
des sint wir danne unbetrogin. Ebendort 1801.

Eine Schwalbe macht keinen Frühling. K. 8820. S. 9329.

SCHWEIGEN.

Swîgen tuot vil dicke schaden. Krone 2223.

Vergl.: Durch Sweigen verdirbt viel Freundschaft. K. 6839 u. 6852. S. 9381.

Die wîle daz swîgôt der man,
so enweiz man niht waz er kan. Diutisca I, 323.

Swer niht wol gereden kan,
der swîge und sî ein wîser man. Freidank 80, 10.

Der niht wol gereden kan,
der swîg und sî ein sælic man. Diutisca I, 323.

Vergl.: Könnte der Narr schweigen, so wär er weis. S. 9368.

Rehtez swîgen kumt ze staten. Eraclius 1123.

Ze rehte swîc, ze staten sprich. Winsbeke 23, 5.

Swîgen ist ein grôziu tugent,
beide an alter und an jugent. Cato 129.

Vergl.: Schweigen, je zu rechter Zeit,
Uebertrifft Beredsamkeit. K. 6841.

Wohl schweigen ist eine grössere Kunst als wohl reden. K. 6843.

Ze vil verswîgen sûmet; ein übersprechen sich vergâhen wil. Reim. Zw. 86 [1]).

SCHWEIN.

Wer sich under die klîgen mischet, den ezzent diu swîn. Diutisca I, 325.

Swer sich menget under die klîen,
den ezzent diu swîn under dem brîen. Morolf II, 307.

Mischt du dich in kleien, dich fressen die seu. Fastnachtsp. 527, 6.

Wer sich gerne mischet vnter die kleyn,
den essent die säw mit dem prein. Vintler 7351.

Vergl.: Wer sich mischet unter die Kleie,
Den fressen die Säue. K. 4286. S. 5734.

Bei der swâr verkauft man swein,
den menschen nâch den wizzen sein. Ring 28b, 22.

Swer berlîn schüttet für die swîn,
die mugen niht lange reine sîn. Freidank 123, 6. Renner 5857.

---

1) MSH. II, 192b.

Man sol diu mergriezzer
vur diu swîn niht giezzen.
si niezzent ir niht, daz ist wâr,
si behorgent si aver vil gar. Specul. eccles. p. 145.
Si wellent, daz daz iht witze sîn,
swer rôtez golt under diu swîn
werfe und edel gesteine:
des freuent si sich doch kleine:
si wâren ie für daz golt
der vil trüeben lachen holt:
da bewellent si sich inne. Wigalois 7, 15.

Vergl.: Man soll die Perlen nicht vor die Säue werfen. S. 7736.

Sus magis in cœno gaudet quam fonte sereno. Mone Anz. VII, 505.

Du tuost alsam ein tumbez swîn,
daz vür den grüenen anger nimt
die trüeben lachen unt daz hor. Frauenlob Spr. 185, 4.
Der swîne ein ebenspil er tuot mit willen:
diu kürn ein hol wol mit unvlâte
vür blüende grüen hübschlich mit hübschem râte. Frauenlob Spr. 382, 5.

Vergl.: Wenn man eine Sau auch in Gold kleidete, so legte sie sich doch in den Koth. S. 8728. K. 6498.

SCHWERT.

Maneger lopt ein fremdez swert,
hett erz dâ heime, ez wære unwert. Freidank 61, 11.

Vergl.: Man muoz des sîme swerte jehen,
het ez hêr Nîthart gesehen
über sînen geubühel tragn,
er begundez sînen friunden klagn. W. Willehalm 312, 11.

Gestanden swert ist guot ze grôzer herte. Lohengrin 56, 3.
Je hân ich gehœret sagen
lange zît bî mînen tagen,

daz helde gern gestanden swert,
sie achten die niuwen bônen wert.
die alten künnen wol klingen,
sô die niuwen gar zespringen.
Ein gestanden swert ist goldes wert,
sô man der niuwen niht engert. Altschwert 7, 1.

SCHWIMMEN.

Wenne sver so svümmen nicht ne kan,
wil he deme wazzere wizen daz,
so ist her unversunnen. Sachsenspiegel praef. 37, 12.

SCHWÖREN.

So mêr gesworen, so mêr verloren. Reinaert. 3179.

SCORPION.

Si tuont alsô der scorpiô:
der lecket vor, und ist ouch vrô,
so er sich balde richet,
und mit dem sweife stichet. Boner 91, 67.
Der tarant smaicht mit den augen sêr,
vnd mit dem swancz sô hekt er. Vintler 2400.
Vergl.: fliecht pœser weibe glantz!
bedenckt inwendig ir gestalt,
vergifftig ist ir swantz. Wolkenstein 110, 3, 14.

SELBST.

Wan ich ie hôrte sagen:
selbe tete selbe habe. Krone 6809.
Selbe tæte, selbe habe. v. Fenis [1]).
Selbe tete, selbe hete. Berthold I, 92, 36.
Selb tet, selb hab, der schade ist dîn. Boner 24, 40.
Vergl.: Selber thun, selber haben. K. 6910. S. 9493.
Möht ich mir selbe ane gesigen,
ich hete mîn nôt gar überstigen. Freidank 113, 16.
Swer im einem an gesît,
der hât verendet allen strît. W. Gast 7751.

---

[1]) MSF. 85, 22.

Vergl.: Den Sieg erringt,
Wer sich bezwingt. K. 6929.

SELTSAM.

Swaz seltsæn ist daz dunket guot,
sô manz den liuten tiure tuot. Freidank 116, 27.
Vergl.: Was selten, das angenehm. K. 6917. S. 9505.

SIEBEN.

Er kan wol sîniu sibeniu. Schlegel 785 [1]).

SIEDEN.

Je lenger gesotten, ie wirs gebrâten. Diutisca I, 324.

SINGEN.

Singen, sagen und seiten clanc,
üebent ir ampt gar âne danc. Renner 5863.
Der übel singt, der singet vil,
menglîchen er ertouben wil. Boner 82, 59.

SINN.

Je grœzer sin, ie mêrre nôt. Spervogel [2]).

SOMMER.

Die wîl der schœne sumer wert
sol man gewinnen, des man gert. Boner 42, 65.

SONNE.

Ez sî übel oder guot,
swaz ieman in der vinster tuot,
ez wirt wol brâht ze liehte, als ich ez meine. Spervogel [3]).
Ez sî übel oder guot,
swaz ieman in der vinster tuot
oder im herzen wirt erdâht
daz wirt doch gar ze liehte brâht. Freidank 2, 8.
Nu heln unt steln, doch breite ichz an die sunnen. Reim.
Zw. 130 [4]).

---

[1]) HGA. II, 435.
[2]) Pfeiffer p. 83.
[3]) Pfeiffer p. 85.
[4]) MSH. II, 201a.

Nie wart sô klein gespunnen
ez kæm etswenn ze sunnen. Boner 49, 55.
Ez komt wol ûf swaz niht ist guot. Wolf u. Fuchs 1754 [1]).
Vergl.: Es wird nichts so fein gesponnen,
Es kommt endlich an die Sonnen. K. 6966. S. 9581 u. 82.
Dagegen: Ez wirt vil dings verstoln,
daz nummer kompt zu liecht. Altschwert 195, 19.

SORGE.

Sorge machet grâwes hâr,
sus altet jugent âne jâr. Freidank 58, 6.
Vergl.: Sorgen macht graue Haare,
Und altert ohne Jahre. K. 6981. S. 9604.
Rost izzet stahel und îsen,
sam sorge tuot den wîsen. Freidank 58, 3.
Wan daz herze dâ der haz
inne lît verborgen,
daz versmelzent sorgen,
sam der rost daz îsen. Flos 7930.
Vergl.: Sorge frisst den Weisen,
Wie Rost das Eisen. S. 9604. K. 6397.
Mich grüezent iemer sorgen
zem êrsten an dem morgen. Freidank 58, 23.
Vergl.: Alle Morgen
Neue Sorgen. S. 9607.
Der sorge ist niemen âne. Freidank 116, 8.
Diu sorge niht gern âne schaden kumt. Frauenlob Spr. 267, 13.
Je minner sorge, ie grœzer vâr. Frauenlob Spr. 292, 4.

SPAREN.

Ich sach ie, swaz der karge spart,
daz ez dernâch dem milten wart:
dem bœsen ie ze teile wart,
swaz man vor dem frumen spart. Freidank 87, 20.

---

[1]) Reinhard p. 355.

Vergl.: Nach dem Sparer kommt der Zehrer. K. 7019. S. 9643. Der Vater ein Sparer, der Sohn ein Geuder. S. 9644.

SPERLING.

Plus valet in manibus passer quam sub dubio grus. Mone Anz. VII, 504.

Vergl.: Ein Sperling in der Hand ist besser, denn ein Storch in der Luft. K. 7054 S. 9670.

SPIEGEL.

Swer sich besiht in spiegelglase,
den dunket krump sîn selbes nase:
swie dicke ein tôre in spiegel siht,
er kennet doch sîn selbes niht. Freidank 122, 27.
Ist der spiegel ungelîche,
man siht sich selben wunderlîche:
man dunkt ze kurz sich od ze lanc,
ode ze breit, ode ze kranc. W. Gast 1763.

SPOTT.

Ez was ein sprichwort manegen tac,
swer gespotes gerne pflac,
daz der ze gespote dîhet. Teichner 31 [1]).
Wer mit gespot umbe gât,
der wirt zu spot an aller stat. Vintler 8916.

STAB.

Ûf einem stab geriten ist halb gangen. Diutisca I, 324.

Vergl. S. 9795.

STÄT.

Man sol an guoten dingen wesen stæte. Labers 634, 5.
Mirst iedoch geseit,
die dâ stæte künnen sîn,
daz sî gelücke wol bejagen. Neidhart 92, 29.
Sie sprechent: swer kan stæte sîn,
des ende daz wirt guot. v. Vorste [2]).

---

[1]) Denkschrift. VI, 107. [2]) MSH. II, 165a.

Stæter muot hât êre und guot,
unstæter muot vil schaden tuot. Renner 1924.
Vergl.: Beharrlichkeit trägt den Sieg davon. S. 883.
Genuoge jehent, daz grôze stæte sî der besten vrouwen trôst. Eist [1]).

STEHEN.

Wer dâ stêt, der hüete sich wol,
daz er nit valle zu tal. Morolf II, 224.
Vergl.: Wer da steht, sehe zu, dass er nicht falle. S. 9839.

STEHLEN.

Wer stilt, der sorgt, man erfars. Fastnachtsp. 526, 9.
Ez wirt vil dings verstoln,
daz nummer kompt zu liecht. Altschwert 195, 19.
Sieh Dieb und Hehlen.

STEIG.

Alle stîge gênt zer strâzen. Haslau 1026.

STEIGEN.

Swer stîget, der sol vürhten val. Freidank 115, 1.
Vergl.: Hohe Steiger fallen tief. S. 9856.
Von unmæzlîchen stîgen swindelt lîhte, sô man giht. Reim. Zw. 96 [2]).
Swâ ein künne stîget,
daz ander nider sîget. Freidank 117, 26.
Ein edele künne stîget ûf bî einem man,
der dem vil wol gehelfen unde râten kan:
sô sîgt ein hôhez künne nider,
und rihtet sich ûf nimmer wider. Spervogel [3]).
Der fuchs sprach: ez ist hiur als vert,
des lâ dich niht sîn wunder:
der ein gât ûf, der ander under. Fuchs u. Wolf 1792 [4])

---

[1]) MSF. 32, 5.
[2]) MSH II, 194^{b}.
[3]) MSF. 24, 25.
[4]) Reinhart p. 357.

Vergl.: Also geht es in der Welt,
Der Eine steigt, der Andre fällt. S. 9858.

STEIN.

Zwêne glîche herte steine
malent selten kleine. Freidank 130, 24.
Nimmer sich wol zwên geleich hart stain
zu einander fügen oder malent chlain:
also zwên geleich hart sich alzeit schelten
und mit einander wol leben selten. Freidank Anm. p. 376.
Vergl.: Zwo harte Steine
Mahlen selten feine. K. 7158. S. 9862.

STIEGEL.

Dâ diu stigel nider ist,
dâ gât man hin âne frist. MSF. p. 240.
Vergl.: Wo der Zaun am niedrigsten ist,
Steigt man über zu aller Frist. K. 8843. S. 9904.

STRAFEN.

Wie sol der straffen weib und man,
der sich selb nit straffen kan? Wolkenstein 24, 288.

STROH.

Swâ daz fiur ist bî dem strô,
daz brinnet lîhte, kumt ez sô. Freidank 121, 3.
Swer strô nâhe zem fiure tuot,
lîhte zundet er sich an. Morolf II, 434.
Wan sich ein strô bî fiure gerne enbrennet. J. Titur 5776, 3.
Ein strô, daz bî dem fiure lît,
daz wirt enzündet sanfter an,
denn ob ez verre dort hin dan
von im gelegen wære. Troj. Kr. 15990.
Die mîn gemüete hât enbrant
alsam daz fiur ein dürres strô. Troj. Kr. 8659.
Vlieht die vrowen bî der zît,
wan ungewærer stæte lît
strô bî dem viure,
dâ wazzer wære tiure. Buch d. Rüge 1641.

Vergl.: Stroh zum Feuer legen. K. 7219. Stroh entbrennt beim Feuer. S. 9978 u. Narrenschiff Comm. 322b.

STUHL.

Sedibus in mediis homo sepe resedit in imis. Lib. sentent [1]).
Sus bin ich an die blôzen stat
zwischen zwein stüelen gesezzen. W. v. Metz [2]).

Vergl.: Sich zwischen zwei Stühle setzen. K. 7239. Wer auf beiden Stühlen sitzen will, fällt oft zwischen durch. K. 7240. S. 9998.

— Das man wyszheit pfleg und buol
mag gantz nit ston in einem stuol. Narrenschiff 13, 89.

SÜNDE.

Sô ist das auch wol bekant,
das alte sunde machent newe schant. Vintler 6441.
Alte sund pringt newe scham,
hœr ich die weysen sagen. Wolkenstein 18, 2, 9.
Zwâr alte sund pringt neues laid,
des wird ich teglich innen. Wolkenstein 103, 1, 1.

Vergl.: Alte Sünde richtet oft neue Schande an. K. 7261. Alte Sünde macht oft neue Schande. S. 10029.

Sünde ist süeziu arebeit,
si gît doch nâch liebe leit. Freidank 34, 21.
Manc sünde kurze fröude hât,
nâch der vil langiu riuwe gât. Freidank 39, 26.

Vergl.: Sünden kehren lachend ein und weinend aus. K. 7263. S. 10022.

Sünd âne scham ist langez leit. Frauenlob Spr. 269, 5.
Mit vorgedanc wirt sünde erwant,
hœr ich die wîsen sagen. Frauenlob Spr. 347, 5.
An mir wahset al daz jâr
sünde nagel unde hâr. Freidank 39, 22.
Die sunde, nagel und das hâr
wachst an dem menschen jêrlîch fruot. Wolkenstein 22, 4, 8.

---

[1]) H. Zeitschr. VI, 305. [2]) MSH. I, 307a.

TAG.

Den morgen sorget menneglîch,
so ist der âbent vröuden rîch. Freidank 58, 25.
Den swæren tag er wol vertuot,
der sich versiht, daz der âbent werde guot. Rotenburg [1]).
Hete ein âbent des er gert,
er wære tûsent morgen wert. Freidank 59, 2.
Guoten tac man zâbende loben sol. Laurin 1550.
Man sol den tac niht gar volloben, die wîl noch eine stunde er hât, er sî dan vollebrâht: sô wirt er denne geprîset. Frauenlob Spr. 103, 5.

Vergl.: Schöne Tage lobe zu Abend. K. 7301. Lobe den Tag nicht vor abends. K. 7302. S. 10063 u. 64.

Na tage volget je de nacht. Sachsenspiegel præf. 192.

Vergl.: Es ist kein Tag, er bringt seinen Abend mit. S. 10061. —

TEUFEL.

Dâ der tiufel niht hin mac, dâ sent er sînen boten hin. Diutisca I, 324.

Der tewffel seinen boten
sendet, dâ er nit mag kummen. M. Falkner 128, 1.

Vergl. K. 7404. S. 10223.

Swer den tiufel triegen wil,
der muoz mêre kunnen, danne vil. Renner 4031.

THEIL.

Ez ist bezzer, daz ist wâr,
ein teil verliesen danne gar. W. Gast 12509.

THOREN.

Swenne ein tôre brîen hât,
son ruochet er wie daz rîche stât. Freidank 84, 1.
Der tôre sorget alle tage
wie er brîen vil bejage. Freidank 58, 21.

Vergl.: Narrenschiff Comm. 323a.

[1]) MSH. I, 84b.

Âne tôren wirt kein market guot. Diutisca I, 324.
Der market wirdet niemer guot,
wan sô man tôren schaden tuot. Freidank 83, 13.
Vergl.: Wenn die Narren zu Markte gehen, lösen die Krämer Geld. K. 5615.
Dâ hundert tôren sint, dâ ist ein wîser niht. Diutisca I, 324.
Die wîsen möhten niht genesen,
soltens âne tôren wesen. Freidank 81, 11.
Vergl.: Gäb es keine Narren, so gäb es keine Weisen. S. 7337.
Die wîsen kurzewîle hânt,
sô si mit tôren umbe gânt. Freidank 81, 13.
Tôren wâren ie den wîsen gram. Renner 14574.
Tôren schulten ie der wîsen rât. Walther L. 13, 31. W. 78, 4.
Der tôre verhilt deheine frist,
swaz in sîme herzen ist. Freidank 82, 12.
Vergl.: Kinder und Narren sagen die Wahrheit. K. 4189. S. 7383.
Swer den tôren vlêhen muoz
ze allen zîten umbe gruoz,
dem wirt selten sorgen buoz. Spervogel [1]).
Swer den tôren flêhen muoz,
dem wirt selten sorgen buoz. Freidank 83, 3.
Ez ist et vil unbewant
ze dem tôren des goldes vunt:
er wirfet ez doch hin ze stunt. Iwein 4252.
Vinde der tôre goldes iht,
ez muge in doch gehelfen niht. Ehestand 539 [2]).
Im ist als dem tôren,
den dunchet nihtes guot,
wan daz er mit sînem cholben tuot. Massmann Denkm. I, p. 80.
Die bîschaft sî geseit
dem tôren, der sîn kolben treit,
der im ist lieber denn ein rîch. Boner 1, 25.

---

[1]) Pfeiffer p. 76. [2]) HGA. II, 189.

Keyn guot dem narren jn der welt
baß dann syn kolb vnd pfiff geselt. Narrenschiff 54, 9.

Vergl.: Jedem Narren gefällt sein Kolben wohl. S. 7370.

Tôren einander bî gestênt. Renner 5772.
Nieman tôren volgen sol. Freidank 81, 19.
Tôren witze und affen rât
vil selten lant betwungen hât. Renner 1944.
Man hôret selten tôren rât
vil grôßer land betbungen hât. Wolkenstein 22, 4. 19.
Wâ tôren rât für sich gât,
dâ tuont sie niht danne missetât. Renner 4243.
Got hât den wîsen sorge gegeben,
dâ bî den tôren senfte leben. Freidank 78, 8.

Vergl.: Die Narren haben mehr Glück als Recht. S. 7399.

Dannoch uns die weisen sagend:
wô die tôren bessers habend,
dâ scholt du dich ze narren machen
listechleich an allen sachen. Ring 28c., 34.
Swelh man tœrlîche tuot,
wirt ims gelônet, daz ist guot. Erec. 7009.
Swie verre ich reit oder gie,
eime tôren kund ich entrinnen nie. Freidank 83, 7.
Wer mit tôren spotten wil,
der muoz ouch dulden narrenspil. Boner 14, 37.

Vergl.: Mit Narren ist schlimm spassen. S. 7393. K. 5605.

Ein tôre næme des gouches sanc,
für der süezen harpfen klanc. Freidank 84, 2.
Ein tôr wirt dik gelêret wol,
doch ist sîn herze goucheit vol. Boner 92, 67.
Ein tôre maneger dinge gert,
der er mit schaden wirt gewert. Freidank 85, 3.
Manc tôre sêre gâhet,
da im sîn schade nâhet. Freidank 85, 27.
Die tôren spottent maneges man,
daz er niht wol erwenden kan:

und lachent si nâch tôren site,
sô sol er allez lachen mite. Freidank 86, 2.
Nu erzeicte der tôre zehant,
daz der tôre und diu kint
vil lîhte ze wenenne sint. Iwein 3320.
Swer sich den tôren læzet schern,
der ist selber ein tôre. Herbort Troj. 16575.
Ez ist ein michel dorheit, daz im zucht leit
selbes uff den nack. Muskatblut 118, 5.
Sun, drîzic jâr ein tôre gar,
der muoz ein narre fürbaz sîn. Winsbeke 37, 1.
Sô den tôren sleht ein man,
sô chert er sich umbe und siht einen andern an. Massmann Denkm. 81.

THUN.

Der man hât einen vrîen muot
der gerne tuot daz er tuot. W. Gast 7851.
Swer dem andern wol tuot,
tuot er im da wider leit,
daz ist ein grôziu bôsheit. Gut. Frau 1006.
Swer guot wider übel tuot,
dem vüeget got êr unde heil. Garel bl. 143b.

THÜR.

Daz vorr tür solte stân, daz vinde ich hinderr tür. Colm. 67, 11.

TOD.

Den tôt enmag erwenden niht
deheines mannes wîstuom. Eraclius 368.

Vergl.: Fürn Tod kein Kraut gewachsen ist. K. 7533.

Nichtz ist gewisser todes schlund,
nichtz ungewisser seiner stund. Ring 26c., 9.
Tôt, dû bist et immer
umbescheiden, als man seit. Mai 150, 18.
Wâ kome ich hin, waz wirde ich dort? ich weiz niht, war ich wander. Frauenlob Spr. 114, 12.
Der tôd die leng vil sach richt slicht
und mangen krumpen syn. Wolkenstein 16, 4, 19.

Vergl.: Der Tod scheidet allen Krieg. K. 7523. Der Tod ist ein gleicher Richter. K. 7527.

Nu hân ich ofte gehœret sagen,
swen man nâch tôde hie beklaget,
der sî von gnâden unbejaget. Rûmelant [1]).
Sol er des haben êre,
der nâch tôde wirt bekleit,
sô het er mit der wârheit
êren vil erworben. Klage 1896.
Tôt ist sîn lîp, noch lebet sîn lop,
sîn name gestirbet nimer. Rûmelant [2]).
Man lobt nâch tôde manegen man,
der lop zer werlde nie gewan. Freidank 61, 9.
Es wirt offt nâch dem tôd geruemt
ain man der lop hie nie geban. Wolkenstein 22, 8, 8.

Vergl.: Man lobt im Tode manchen Mann,
Der Lob im Leben nie gewann. S. 10387.

TRAU.

Lueg wem du traust vnd in wen. Vintler 7333.

Vergl.: Trau, schau, wem. S. 10424. K. 7557.

TRAUERN.

Nieman lange trûren sol. Mai 227, 24.
Die wîsen hœre ich alle jehen,
daz trûren harte wênic tüge
und nieman überwinden müge
mit clage sînen smerzen. Troj. Kr. 23486.

Vergl.: Trauern kann nicht lange dauern. K. 7571.

Er trûret deste mêre
swer ie vröude rehte ervant. Spervogel [3]).
Trûren tuot nâch freuden wê. Renner 12511.
Nâch grôzem trûren kumt oft heil. Renner 11111.
Grôz trûrn sol niemen schenden:
wan hât sis iemen noch erwert,
bî sîner freude ez nâhe vert. W. Willehalm 281, 14.

---

[1]) MSH. III, 65b.

[2]) MSH. III, 258b.

[3]) Pfeiffer p. 79.

TRAUM.

Swer sich an troume kêret,
der ist wol gunêret. Iwein 3547.

Vergl.: Ein Traum ist ein Dreck,
Wer dran glaubt, ist ein Geck. K. 7583.

An tröume sol ein altez wîp
gelouben und ein ritter niht. Troj. Kr. 19184.
Ouch hânt die wîsen uns geseit,
des ein man wachende ger,
daz in des lîhte ein troum gewer. Cato 334.
Mîn herze in troume wunder siht,
daz nie geschach und niemer geschiht. Freidank 128, 12.
Swaz wir noch fröuden hân gesehen,
daz ist uns als ein troum geschehen. Freidank 128, 10.
Ein meister las, troum unde spiegelglas,
daz si zem winde bî der staete sîn gezalt. Walther W. 194,
5. L. 122, 24.

TREUE.

Diu triuwe ist ein diu beste tugent,
sagent uns die meister wîs. Boppe [1]).
Diu triuwe ist och ein ingesigil
ein sloz und och ein starker rigel,
der alle tugende hât verspart. Martina 25, 27.
Triuwe ist der tugende mache. Ebd. 25, 51.
Schârlachen ist ein rîch gewant
unt kleidet wol die liute:
vil baz sô kleidet, hœre ich sagen, triuwe, zuht unt êre.
Guotære [2]).
Triuwe ist hie der êren hort
und treit ze himele krône. Spervogel [3]).
Triuwe ist der werlde bestez guot
und ist des himels hôhste vrume. Frauenlob Spr. 206, 1.
Triuwe unde wîser rât
daz zieret wol den alten. Spervogel [4])

---

[1]) MSH. II, 386[a].
[2]) MSH. III, 42[b].
[3]) Pfeiffer p. 78.
[4]) MSF. 31, 5.

Triuwe diu ist darzuo guot:
si machet wert des mannes lîp
und êrt ouch alsô schœniu wîp,
daz ir zuht noch ir muot
nâch schanden nimmer niht getuot. Klage 172.
Swer die triwe hât verkorn,
der hât die beste habe verlân. Lanzelet 5358.
Dâ triu ist wider triuwe,
dâ wirt niht afterriuwe. Helbling VIII, 137.
Swâ triuwe niht gên triuwen stât, dâ hât der valsch gedinget. Frauenlob Spr. 70, 6.
Swer ein getriuwez herze hât,
der ist rîche an aller stat. Renner 15470.

TROPFE.

Den stein der trophe dürkel macht
dicke vallent, niht mit kraft. W. Gast 1921.
Vergl.: Stäter Tropfen höhlt den Stein. S. 10528. K. 7615.

TROST.

Guot trôst was ie ze nœten guot. Wigalois 74, 31.

TRÜGEN.

Man mac wol liute triegen:
got ist iemer unbetrogen. Spervogel [1]).
Swie dicke gote wirt gelogen,
er ist doch iemer unbetrogen. Freidank 169, 18.
Liebiu frowe, nû sît gewis,
der unsern got beliuget,
sîn friunt dankes triuget,
der tuot daz âne wîsen rât
und wizzet daz im missegât. Eraclius 312.

TRUNKEN.

Trunkenheit wirt selten frî,
da ensî sünde und schande bî. Freidank 94, 7.

---

[1]) Pfeiffer p. 74.

Vergl.: Trunkenheit, Sünde, Schaden, Schande. S. 10519. K. 7635.

Ez trunken tûsent ê den tôt
ê einer stürbe in durstes nôt. Freidank 94, 25.

Vergl. S. 10489. K. 7608.

Die drunkenheit macht manchen man
ouch tanzen der sin nit enkan. Muskatblut 91, 17.

In trunkenheit wirt manec sache enbunden. Frauenlob Spr. 344, 10.

Swaz tougendinge ein mensche et hât
an sich verborgen gar,
in trunkenheit, swer vregen gât,
ez wirt im offenbâr. Frauenlob Spr. 344, 19.

Vergl.: Trunkner Mund,
Verräth des Herzens Grund. S. 10515. K. 7631.

Swer trunken liute reizet
ze lange, der hât unwîsen sin. Renner 1385.

TUGEND.

Swer diheine tugent sol gewinnen,
der salis in sîner juginde beginnen. Alexanderlied 414.

Die alten frommen hânt geseit,
daz tugent ist ein êrencleit. Keller Erzähl. 604, 1.

Vergl.: Tugend ist ein Ehrenkleid, darum spart es Jedermann. S. 10546.

Tugent ist vor allen dingen. Ring 28a., 5.

Ich weiz niht waz dir bezzer sî dann tugende. Colm. 9, 20.

Grôß tugent adelt weib und man. Wolkenstein 22, 3, 11.

Tugent ziert alter und jugent. Renner 9147.

Vergl.: Tugend ist der beste Adel. S. 10543. Tugend ist der beste Schmuck. S. 10544. Tugend macht edel. K. 7639. S. 10547.

Sint daz ez allez sus zergât,
daz aldiu werlt ze handen hât,
niht mêr bestât
niur tugend tât. Frauenlob Spr. 113, 13.

Vergl.: Alles vergeht,
Tugend besteht. K. 7647. S. 10561.
Man seit, wâ tugent blüeje,
daz dâ vil rîcher sælden fruht
beginne wahsen mit genuht. Con. v. Würzburg Alex. 154.
Di togunt in eime mittil sted. Ritterspiegel 1814.
Untugent was ie tugende gram. Renner 7268.

ÜBERMASS.

Übermâß wüstet alle spil. Vintler 6354.
Vergl.: ze wenig und ze vil
dasselb wüstet alle spil. Vintler 6425.

ÜBERMUTH.

Übermuot wirt niemer guot. Boner 51, 65.
Lugene unde ubermuot
ne ist niemanne guot. Kaiserchronik 39.
Übermuot grôzen schaden tuot. Boner 51, 66.
Waz hilfet daz, daz wir sehen,
als ich vür wâr mac gejehen,
daz übermuot zaller zît
gar ze jungist underlît? W. Gast 10647.
Von dû mach du wol verstan,
daz nechein dinc dem man
grozeren scaden dût
dan der leide overmût. Rother 4558.
Vergl.: Übermuth
Thut selten gut. K. 7670. S. 10599.

ÜBERTREIBEN.

Och sint gewis, swaz man wil übertrîben,
daz dâ daz wol vil lîhte am ende wirt ein wê. Singenberg
W. 237, 13.

UNART.

Ez hât diu werlt vür eine lüge,
daz iemer unart garten müge. Tristan 293, 4.
Vnart tuot nâch seiner art. Vintler 6695.

Vnart choppt in seine art. Vintler 6660.
Unartic vogel koppet în sîn art. Amgb. 31. b.

UNBEDACHT.

Swer unverdâht grôz dinc bestât,
ein trûric ende ez dicke hât. Blikker 160 [1]).
Unverdâhtiu mære
sint dicke wandelbære. Freidank 92, 1.
Unbesiht, daz wist ir wol,
diu ist stætes endes hol. Krone 3609.

UNBEKANNT.

Aera sulcat avis, coluber petram, mare navis,
hæc sunt ignota, minus est juvenis via nota. Mone Anz. VII, 507.

Des vogels fluc, des visches fluz,
des slangen sluf, des donres schuz,
und wie gerâten süln diu kint,
die strâze uns allen fremede sint. Freidank 128, 6.
Des vogels vliegen durch den luft
erverst dû sanfter und sîn spor;
des schiffes vart, dar ez vert vor,
vindest dû lîhter durch den wâc,
ê mich dîn vîentlîcher bâc
von dem gelouben scheide dan. Barlaam 213, 8.
Ein schif durch einen snellen fluz,
von armbrust ein sneller schuz,
durch den luft eins aren fluc
und ouch des snellen blickes tuc,
des slangen in dem gevilde,
des jungelings in sîner wilde,
wer zeiget mir der aller ganc? Tocht. Syon [2]).
Als über den stein des slangen vart, und ûf dem mêr der schiffe ganc,
und in den lüften aren vlüge, nieman erkennet mîn gedanc,

---

[1]) Ed. Pfeiffer. [2]) Diutisca III, 7.

noch eines jungen mannes muot, der under zwênzic jâren stât. Br. Wernher. [1]).

Noch sein vier ding sô klug
vnd die ich nicht erkennen mag da pey,
wâ der wek des adlers sey,
wann er in den lüften fleugt.
Der natern wek mich vast auch treugt,
wann sy sich uber die stain slingt
vnd wenn daz scheff im mer swimpt.
Der selbe wek ist mir ze hêr,
und des kindes wek hin vnd her,
sô es in seiner jugent ist. Vintler 6188.
Dry ding ich nit erkennen kan,
Des vierden weiß ich gantz nütz von,
Wann jn dem lufft eyn Adler flüht,
Eyn schlang die vff eym velsen krücht,
Eyn schiff das mitten gat jm mer,
Eyn man der noch hat kyndesch ler. Narrenschiff 64, 69.

UNERSÄTTLICH.

Driu dinc niht gesaten kan,
die helle, fiur und gîtegen man:
daz vierde sprach nie „genuoc“,
swie vil man ime zuo getruoc. Freidank 69, 5.
Diu helle und der arge man
werdent nimmer sat. W. Gast 2865.
Es sein vier ding, als man gicht,
die selben erfult man nymmer nicht,
das ist die hell vnd das vnkewsch weib,
die erfult man nicht zu kainer zait.
Das dritte ist das ertreich,
das ist genug wunderleich,
das es sich nicht genügen lât
des wasser an kainer stat.
sô ist das fewr auch vngenugsam,

---

[1]) MSH. II, 230b.

das selb spricht nimmer: lâß stân
das holcz, ich hân jetz genug. Vintler 6177.
Dry ding man nit erfüllen mag,
das vierd schrygt stæts, har zû har trag
Eyn frow, die hell, das erterich
das schluckt all wassers güssz jnn sich,
das für spricht nyemer hœr vff nû
ich hab genûg, trag nym har zû. Narrenschiff 64, 63.

UNERSCHROCKEN.

Die alten wîsen grîsen
die sprechent daz, ez sî man oder frouwe,
daz unerschrocken sehen, sichtig handel
an stæte selten triegen. Labers 37, 3.

UNGLÜCK.

Kein ungelücke wart sô grôz, da enwære bî ein heil. Spervogel [1]).

Vergl.: Kein Unglück so gross, es ist ein Glück dabei. S. 10675.

Kein Unglück so gross,
Es hat ein Glück im Schooss. S. 10675a. K. 7730.

Ein ungluk daz ander reit. Ring 53a., 24.

Vergl.: Kein Unglück allein. K. 7738. S. 10670.

UNKRAUT.

Unkrût wahset âne sât. Freidank 120, 7.
Wan unkrût wehset ungesât. Renner 6545.

Vergl.: Das Unkraut wächset ohne Saat,
Dem guten Korn es übel gat. K. 7759.
Unkraut wächst ungesät. S. 10811.

UNMASS.

Swaz mit unmâze wirt getân,
daz mac nimmer guot sîn,
daz ist uns dicke worden schîn. W. Gast 10422.

---

1) MSF. 20, 26.

Unmâz hât dicke den sic verlorn. Colm. 111, 19.
Unmâze gar zerbrichet. Colm. 111, 21.
Unmâß ist ze nichte guet. Vintler 5779.
Die wîsen jehent und ist ouch wâr,
daz kein unmâze nie gewerte drîzec jâr. Rinkenberk [1]).
Vergl.: Unmass währt nicht dreissig Jahr. S. 10716.
Unmass steht nicht lange. K. 7762. S. 10713.
Unmâz die krenket fruo und spât. Suchenwirt 40, 143.
Vergl.: Unmässigkeit ist der Ärzte Säugamme. S. 10718.

UNRECHT.

Vil dicke âne reht zergât,
swaz unreht gewunnen hât. Freidank 50, 22.
Swaz man mit unreht gewinnet,
daz ez schiere zerinnet,
sprechent joch diu kleinen kint,
diu noch gar swaches sinnes sint. Krone 20253.
Vergl.: Unrecht Gut gedeiht nicht. S. 10737. Unrecht Gut faselt nicht. S. 10738.
Swer sîme dinge unrehte tuot,
dem wirt daz ende selten guot. Freidank 106, 20.
Swer ime selbe schaden birt
und sîme rehte unreht tuot,
des ende wirt ouch lützel guot. Laurin 2860.
Sich vreut niht lange kein man,
der mit unrehte sic gewan. Cato 287.
Und doch falsch guot selten erbet
mit sælden ûf den dritten erben. Renner 6503.
Vergl.: Unrecht Gut kommt selten auf den dritten Erben. S. 10740.

UNTREUE.

An untriuwe, wâ diu vür gât,
ein guotez ende selten stât. Boner 6, 35.
Vntrew die schlecht irn eygen hern. Morszheim 218.

---

[1]) MSH. I, 330b.

Vntrew offt seinen herren schlegt. Ambr. Lb. 79, 16.
Vntrew trifft seinen herren gern. Ambr. Lb. 193, 13.
Vergl.: Untreue schlägt ihren eignen Herrn. S. 10766. K. 7794.
Man ne sal dem untrûwen man
neheine trûwe leisten. Alexanderlied 3814.
Vür untriuwe ist niht sô guot
sô der getriuwelîche tuot. Freidank 44, 3.

UNWILLE.

Swaz man mit unwillen tuot,
daz wirt selten iemer guot. Renner 3175.
Swelh dinc man mit unwillen tuot,
daz wirt selten iemer guot. Renner 1964.

VATER.

Daz gwârest spruchwort daz ist daz:
Einiger vatter füret bas
syben kinder durch einn gatter,
dann siben kinder einen vatter. Ring 20c., 29.
Vergl.: Der Vater ernährt eher zehn Kinder, denn zehn Kinder einen Vater. K. 7815. S. 10800. —

VERBOTEN.

Waz man uns wert, daz wolle wir haben. Renner 12740.
Beschlossen prot, wie süss du pist. Ring 11a., 37.
Vergl.: Was man verbeut,
Das thun die Leut. K. 7821. S. 10823.
Was man einem verbeut, das liebt ihm erst. S. 10824.
Sieh Wasser. —

VERDERBEN.

Gelücke nieman widervert
wanne der dar nâch wirbet:
manec dinc verdirbet,
daz wol werden möhte. Flos 3799.
Wan manic dinc verdirbet,
des man niht enwirbet,

daz niemer verdürbe,
der ez mit vlîze würbe. Freiberg's Trist. 4847.
Waz vil verdirbet,
des man niht enwirbet. Walther L. 106, 15. W. 53, 1.
Manic dinc verdirbet
derz niht von êrste wirbet. Cato 457.
Vergl.: Viel verdirbt,
Was Niemand wirbt. K. 7822. S. 10831.

VERDRIESSEN.

Ein man des dicke vrâget,
des in vil lîhte betrâget,
obe er ez hôrte sagen. Krone 3483.

VERSPRECHEN.

Wan ich vor langer zît weiz,
swer mêr geheizet danner gît,
daz er sîn lüge breitet wît. W. Gast 2076.
Er sî keiser, kung, herre, ritter oder knecht,
was er gelopt, daz sol er halten,
sô mag er wol êren walten. Diocletian 8327.
Hâst du iemant ichtz versprochen,
daz scholt du laisten ungeprochen. Ring 29[b], 1.
Vergl.: Versprechen und halten,
Steht wohl bei Jungen und Alten. K. 7871. S. 10909.

VERSUCHEN.

Ein versuochen ist etswenne guot. Lanzelet 6442.
Swer gern versuocht daz er niht solde,
der vindet oft daz er niht wolde. W. Gast 1953.

VERWANDT.

Ouch hœrich sagen, daz sippebluot
von wazzer niht verdirbet. Reinhart 266.

VERWEGEN.

Verwegen muot macht grôz arbeit ringe. M. Falkner 164, 5.

VIEH.

Grôßes vich wil michel gras. Ring 20d., 27.

VOGEL.

Sun, sô der vogel ê rehter zît
von sînem neste fliegen wil,
sich selben er vil lîhte gît
den tumben kinden zeinem spil. Winsbeke 32, 1.

Als einem vogel der ê zît
von neste fliuget dir geschiht. Winsbeke 50, 9.

Von neste ein vogel ze fruo gevlogen
der wirt den kinden lîhte ein spil;
die vedern werdent im enzogen. Winsbekin 9, 5.

Der vogel sich selben triuget,
der von dem neste vliuget
ze vruo, der wirt der kinde spil. Frauenlist 295 [1]).

Ja ist uns von den argen kunt
ein wort gesprochen lange:
der vogel singet als im der munt
gewaczen steit zu sange. Sachsensp. praef. 45.

Canit avis quævis sicut rostrum sibi crevit. Geiler. Narrenschiff Com 377b.

Vergl.: Jeder Vogel singt, wie ihm der Schnabel gewachsen ist. S. 11000. K. 7939.

Man sihet bî dem neste wol,
wie man den vogel loben sol. Freidank 145, 22a.

Vergl.: Kleine Vöglein, kleine Nestlein. S. 11006. K. 7942.

Una avis in laqueo plus valet octo vagis. Reinardus 2, 814.

Vergl.: Besser ein Vogel in der Hand
Als zehn am Strand. S. 10981.

Besser ein Vogel im Netz, als zehn in der Weite. S. 10982. K. 7934. S. Sperling.

Turpis avis, proprium qui fœdat stercore nidum. Mone Anz. VII, 504.

---

[1]) HGA. II, 95.

Progenies avium mala fedat stercore nidum. Lib. sentent. [1]).
Non est illa valens quæ nidum stercorat ales. Ebendort.

Vergl.: Es is ein böser Vogel, der in sein eigen Nest hofiert. K. 7944 u.

Duostu selbe in din eigen nest
du glighest wol dem wedehoppen,
wa du dan sitzest ader stest
dar in so muostu knoppen. Muskatblut 44, 67.
Daz wispel muosz ich jehen,
wan der widehop duot synen knop
in syme eigen gehuose
da in er selber sitzen muosz, im wirt zu buosz
sin eigen mist. Muskatblut 78, 55.

VORBEDACHT.

Guot alliu dinc sint vorbedâht, sie vallen swar sie vallen.
Colm. 13, 19.

VORWITZ.

Sân kumt her virwitz gerant
und lœst den meiden ûf diu bant. Renner 268.
Meide virwitz wil besehen,
wie jungen briuten sî geschehen,
und swenne ir mangiu daz besiht,
an lîbe, an sêle ir wirs geschiht,
denn ob sie beliben wær als ê. Renner 12506.

Vergl.: Dô kom ein wint geflogen dar,
der ist virwitz genant,
in hânt die meide wol erkant
und ouch die vrouwen über alle lant.
Er schutte den boum sân ze hant
sô rehte wunderlîche,
daz die birnen gelîche
mit einander alle
dâ von begonden vallen. Renner 83.

Vorwitz macht Jungfern theuer. K. 8005. S. 11079.

---

[1]) H. Zeitschr. VI, 305.

WAGEN.

Er seczt den wagen für die rinder. Ring 19c., 42.
Swer überladet sînen wagen
der brichet in. Wartburgkrieg [1]). Str. 35.
Vergl.: Überladner Wagen bricht leicht. S. 10597.
Wer wâget, der gewinnet vil. A. Weibes List 142 [2]).
Der genante der genas,
die wîle er unverzaget was. Heinzelin Ml. 1991.
Der ie genante der genas. Boner 16, 28.
Vergl.: Wagen hat Glück. S. 11107.
Wagen gewinnt. S. 11103.

WAHN.

Wânolf Triegolfs bruoder ist. Boner 80, 23.
Wônolff btriegolfs bruoder ist. Narrenschiff 67, 64.
Vergl.: Wahnolf ist Trügolfs Bruder. S. 11123.

WAHR.

Waz nicht ist wâr, daz ist erlogen. Boner 12, 50.
Wârheit ist aller êren hort. Boner 11, 46.
Man mac ze vil der wârheit sagen. Freidank 74, 26.
Man mac des wâren zuo vil sagen. Eraclius 524.

WALD.

Swie man ze walde rüefet,
daz selbe er wider güefet. Freidank 124, 3.
Swie man ze walde ruofet
billîch alsô der galm wider billet. Labers 430, 6.
Wie yeder vor dem wald jn byltt,
des glich jm allzyt widerhyltt. Narrenschiff 69, 5
Der sô lange rüeft in einen touben walt,
ez antwurt ime
dar ûz eteswenne. Morungen [3]).

---

[1]) Simrock.
[2]) HGA. I, 197.
[3]) MSF. 127, 12.

Vergl.: Wie's in den Wald hineinschallt, schallt es wieder heraus. K. 8078. S. 11168.

Swaz ich hân gesungen,
deist gerüefet in den walt. Neidhart p. 189.
Ez ist in den walt gesungen,
daz ich ir genâden klage. Tugh. Schreiber [1]).

WANDEL.

Nû sagent si mir ein ander mære,
daz niht lebendiges âne wandel sî. Walther L. 59, 20. W. 162, 1.
Ân wandel niemen mac gesîn,
deist an al der werlde schîn. Freidank 120, 19.
Nâch zît, nâch stat gar alliu dinc sich wandelnt ûze und inne. Frauenlob Spr. 100, 19.
Wer lebt dem man niht wandels giht? Colm. 107, 20.
Unstæte wandel machet. Frauenlob Spr. 398, 8.

WARNEN.

Wer sich warnet, der wert sich. Boner 42, 1.

Vergl. K. 8089. S. 11189.

WARTEN.

Ez ist bezzer wol gebiten,
dann übele gegâhet. Gut Frau 226.
Swer dicke sprichet „beite“,
deist ein abeleite. Freidank 112, 3.

Vergl.: Narrenschiff 31, 18. —

Dem man gerne widerfert,
der wol beidet, des er gert. Morolf 2, 246.

Vergl.: Wart,
Über eine Weile kommt dein Part. S. 11196 u. 8096 K.

WASSER.

Verboten wazzer bezzer sint,
dan offen wîn, des hœr ich jehen. Heigerloh [2]).

---

[1]) MSH. II, 151a. [2]) MSH. I, 63b.

Verstolniu wazzer süezer sint
dan offen wîn, des jehent diu kint. Freidank 136, 9.

Vergl.: Verbotene Wasser sind oft besser als Wein. S. 10825.

Verbotenes Wasser ist Malvasier. S. 10826. K. 8171.

Gestohlen Wasser ist süss. K. 8170.

Daz wazzer niender ist sô guot, so dâ ez ûz von sprunge gât. Br. Wernher [1]).

Vergl.: Das Wasser ist am besten an der Quelle. S. 11234.

Nun hab ich offt vernomen:
wâ wasser sey gewest,
das müg wol widerkomen. Hätzlerin 83[b].

Vergl.: Wo Wasser gewesen ist, da kommt Wasser wieder. S. 11231. K. 8184.

Swer wazzer in dem sibe treit
dast verlorn arebeit. Freidank 77, 16.

Er schepfet wazzer mit dem sibe. Troj. Krieg 18548.

Unde schepfte ich wazzer mit eim sibe. Frauenlob Spr. 394, 3.

Vergl.: lympham cribro infundere. Reinhardus 3, 16, 37.

Wasser im Siebe holen. K. 8165.

Des brunnen fluz wirt selten breit
dâ man daz wazzer in treit. Freidank 130, 26.

Vnd schüttet wasser in eyn brunn. Narrenschiff 31, 36.

Gleich als der da wasser trueg in den Rein. Vintler 825.

Der treit das wasser in den Ryn. Murn. Schelmenz. d[6].

Vergl.: Das hiesse Wasser in den Rhein tragen. S. 11240.

WECHSEL.

Der wehsel treit
niur schaden vil, niht nutzes. Frauenlob Spr. 79, 8.

WEG.

Swer zwêne wege welle gân,
der muoz lange schenkel hân. Freidank 129, 23.

---

[1]) MSH. II, 230[b].

Wer zwêne weg wil gân,
der muoz zwei langiu bein hân. Diutisca I, 325.
Wer sich zwaier weg wil fleißen,
der muß die pruch oder arsloch zureißen. Fastnachtsp. 528, 13.

Ich tzimbere so man seget bi dem wege,
des mûz ich manegen meister han. Sachsenspiegel praef. [1]).
Vergl.: Wer an dem Wege bauet, hat viel Meister. K. 8199.
Wer da bauet an der Strassen,
Muss die Leute reden lassen. S. 9951.

WEIB.

Swie dicke diu wîp underligent,
den mannen sie doch an gesigent. Freidank 104, 26.
Ez ist niht ein wunder,
daz man die vrouwen bite:
sie geligent under
unt gesigent doch dâ mite. Marner [2]).
In ist liep, daz man si stæteklîche bite,
unt tuot in doch sô wol, daz si versagent. Reim. Alt [3]).
Diu wîp man iemer biten sol,
doch stêt in versagen wol. Freidank 100, 20.
Êst komen her in alten siten
vor mangen jâren unde tagen,
daz man diu wîp sol güetlîch biten
und lieplîch in dem herzen tragen.
sô suln si zühteclîch versagen
od aber sô sinneclîch gewern,
daz si iht her nâch beginnen klagen. Winsbekin 20, 1.
Ei daz frouwen kunnen
versagen und geweren. Labers 622, 1.
Vergl.: Versagen ist der Weiber Sitte,
Doch wollen sie, dass man sie bitte. S. 11400. —

---

[1]) Homeier 2. Ausg. I, p. 9.
[2]) MSH. II, 240a.
[3]) MSF. 171, 11.

Wîp und vederspil
die werdent lîhte zam. Kürnberger [1]).
Kein vogel wart nie sô schier gezam,
als wîp und meide an zühten lam. Renner 12050.
Wir wîp chunnen manigen list,
der iu mannen unkunt ist. Eracl. 3139.
Ir wussent noch nit der frouwen leben,
das sy kunnent gar wîse list
mê denn ieman ûf erden ist. Diocletian 5464.
Sît niemen alsô wîser ist,
in überwinde wîbes list
mit ir minne meisterschaft. Barlaam 291, 33.

Vergl.: Weiberlist
Nichts drüber ist. K. 8238. S. 11351.

Wer von wîben niht enwirt
betrogen, der lobe guoten wirt. Boner 63, 57.
Wîp künnen mit zorne kôsen
und weinende sêre lôsen. Cato 411.

Vergl.: Der Weiber Weinen ist heimlich Lachen. S. 11256, p. 539.

Recht als eyn wib die yren lib
hie gen mir bleckt, mich forne leckt
vnd duot mich hinden kratzen. Muskatblut 79, 34.

Vergl.: Weiber sind Katzen
Mit glatten Bälgen und scharfen Tatzen. S. 11340. K. 8226.

Zunge valscher wîbe honic ist,
ir wille ist eiter, wizze krist. W. Gast 967.
Der wîbe gemüete
nieman rehte errâten kan. Helbing I, 146.
Ich hœre sagen, daz diu wîp
nâch grôzer ungüete
vil snelle guot gemüete
gevâhen von der minne. Wigalois 142, 6.

---

[1]) MSF. 10, 17.

Ich hôrte sagen, sô diu wîp
mannes minne hindergê,
daz in danne wirs sî dan ê. Gut. Frau 196.
Daz ich von wîben hân vernomen
daz ist wâr, des bin ich komen
wol an ein ende hie:
swaz man in unz her noch ie
alsô tiure verbôt,
dar nâch wart in alsô nôt,
daz siz muosten bekorn. Erec. 3243.
Ir rekennet niht des wîbes art.
diu unsælde ist ir beschert,
swaz man ir ernestlîche wert,
daz sî des aller meiste gert. Eraclius 3940.
Man seit al vürwâr
manik jâr,
diu wîp hazzen grâwes hâr. Veldeke [1]).
Si wellent daz man in niwe sî
und niht ze allen zîten bî. Erec. 9429.
Wiß, und trait dein weib die pruoch,
sey wirt dein hagel und dein fluoch. Ring 31[d.], 22.

Vergl.: Die Frau hat die Hosen an. S. 4957, und
Weiberregiment
Nimmt selten gut End. S. 11266.

Argiu wîp gelônent selten guoten mannen wol. Neidhart 46, 4.
Irre wîp, zorn unde spil
machent tummer liute vil. Renner 11244.

Vergl.: Weiber, Wein und Würfelspiel,
Verderben manchen, wers merken will. S. 11407.
K. 8236 u. Colm. Nr. 199.

Wîp machent manigen kluogen man ze eime tôrn,
vor wîbes list sô ist kein kunst. Colm. 55, 107.
Der tôren netze ist wîbes schœne;
swer kumt drin, der hât sîn hœne. W. Gast 1003.

---

[1]) MSF. 62, 11.

Ouch sagen ich ûch ûf mînen eyt,
das keynerley bôszheit
über eins bœsen wîbes bôszheit ist. Dioclet. 2421.

Vergl.: Gilt die Bosheit etwas, so ist ein Weib theurer als zehn Männer. S. 11334.

Swer wîben verre geloubet
wirt sîner sinne beroubet. Wolf u. Weib 1115 [1]).
An dem griff sind älleu weib
des einen leders, wie mans treib. Ring 19[c], 25.
Wîbes swertes slac, mannes spinnen hât selten prîs bejaget. Gervelin [2])
Ein schœnez wîp mit reinen siten gît werden manne hôhen muot. Br. Wernher [3]).
Reiner wîbe minne tiuwert hôher manne muot. Neidhart 71, 37.
Ein wîp schœn, kiusch und wolbehuot
erhœhet guotes mannes muot. Boner 96, 53.
Bî vriundîn vriunt ie ellen vant:
diu wîplîche güete
gît dem man hôhgemuete. W. Willehalm 248, 1.
Wîpheit vert mit triuwen:
si kan friwendes kumber riuwen. Parz. 167, 29.
Wiblich sueße sterkt mannes muot. Muskatblut 49, 21.
Enruoche waz dîn wîp sage,
sô si von den knehten klage. Cato 141.
Suoch ein weib nicht verr hin dan. Ring 18[b]., 27.
Wir wîp bedurfen alle tage,
daz man uns tumbe rede vertrage. Iwein 7679.
Ich bin ein wîp: næm ich mich an
ze râtenne als ein wîser man,
sô wær ich tumber danne ein kint. Iwein 7851.
Alte weib und enten
gehœrend in ainen sê,

---

1) Reinhart 332.
2) MSH. III. 37[a].
3) MSH. II, 228[b].

was sol man dran verquenten,
kain vich das snattert mê. Wolkenstein 31, 4, 37.

Vergl.: Drei Weiber, drei Gänse und drei Frösche machen einen Jahrmarkt. S. 11308. K. 8246.

Man spricht: zwô gellen
wurden oft guet gesellen,
aber zwayer prueder weib
beleiben selten âne streit. Vintler 8820.

Vergl.: Ein gelle ir gellen nîden muoz,
zwischen gellen zwein sô wirt vil selten nîdes buoz. Reim. Zw. 47 [1]).

Swer guotes wîbes minne hât,
der schamt sich aller missetât. Walther W. 147, 9. L. 93, 17.
Ich hân daz oft wol vernomen,
im volget niemer sælde noch guot,
wer an wîben missetuot. Dietrichs Ahnen 8395.
Swem sîn wîp ze liep ist,
der vrâge lützel von ir,
wan ime wehset danne zwir
leit, kumber unde klage
von sîner vrâge und jenes sage. Krone 3490.
Wîbes grüezen liebe speht. Krone 6972.
Ein schœne wîp salwet
dicke von liehter sunnen. Krone 2050.

WEIN.

Lûter wîn, rein unde guot,
der junget alter liute muot. Freidank 132, 16.

Vergl.: Wein hilft dem Alten auf's Bein. K. 8304. S. 11440.
Wein macht die Alten beritten. K. 8305. S. 11441.
Guter Wein ist der Alten Milch. S. 11442.

Mete und wîn sind beide guot
für sorge und dürfte und armuot. Freidank 95, 2.
So der wîn kumt in daz houbet,
sost armuot gar betoubet. Freidank 94, 11.

---

[1]) MSH. II, 185b.

Den armen machet rîch der wîn. Morolf 2, 244.
Sælic ist der, dem wîn und wîp
niht verliesent sêle und lîp. Renner 12466.
Gud win und schone frowin han
manchin wisin man zu torin gemacht. Ritterspiegel 1759.
Wein, zoren, spil und schœne beib,
die vier betœren mangen man. Wolkenstein 22, 3, 1.

Vergl.: Wein und Weiber machen alle Welt zu Narren. K. 8321. S. 11445.

Weiber, Wein und Würfelspiel
Verderben manchen, wer's merken will. S. 11407.

Der guote wîn wirt selten guot wan in dem guoten vazze. Singenberg W. 212, 4.

Vergl.: Der Wein schmeckt nach dem Fasse. S. 11478. K. 8310.

Schade um guten Wein in bösem Fasse. S. 11479.

WEISE.

Die wîsen kunnen manegen list,
der vremede tumben liuten ist. Freidank 79, 11.
Er ist ein vil wîser man,
der tumbe gedanke verdenken kan
mit wîslîcher tât. Iwein 1499.
Got gît den tôren senfte lebn, den wîsen nôt ze lône. Spervogel [1]).
Got hât den wîsen sorge gegeben,
dâ bî den tôren senfte leben. Freidank 78, 7.
Di habe volget dicke den bôsten. Elmendorf 1074 [2]).

Vergl.: Wo wenig Verstand, da ist gross Glück. Viel Verstand hat wenig Glück. K. 7883. — Glück ist der Dummen Vormund. K. 2779. —

Mit tumben tump, mit wîsen wîs,
daz ist nû der werlde prîs. Freidank 85, 13.
Mit tumben tump, mit wîsen wîs
was ie dirre wilden werlde prîs. Renner 13910.

---

[1]) Pfeiffer p. 80. [2]) H. Zeitschr. 4, 314.

Er was gewizzen unde guot,
den tumben tump, den wîsen fruot. Wigalois 40, 25.
Mit den wîsen was er wîs,
den tumben tump. Rudolf Wilh. 229.
Er was küene, hôch gemuot,
mit tumben tump, mit wîsen wîs:
dâ von sô het er lobes prîs. Lichtenstein 8, 26.
Vergl.: Den sûren sûr, den scharfen scharf,
den herten hart, dâst allez guot, derz kan, dâ mans bedarf. Reim. Zw. 98 [1]).
Der wîse suochet wîsen rât,
der tôre sich nâch tôren hât. Freidank 72, 13.
Wer dâ selber nicht enwest, der solt die wîsen fragen. Müglin [2]).
Swer volget wîsen,
der muoz mit êren grîsen. Hohenfels [3]).
Swer wænet, daz er wîse sî,
dem wont ein tôre nâhe bî. Freidank 84, 8.
Vil maneger wænet wîse sîn, der doch ist leider tump. Marner [4]).
Vergl.: Wer meinet, dass er weise sei,
Dem wohnt ein Esel nahe bei. S. 11498. K. 8364.
Der ist weis, der sich für ein narren zelt. Fastnachtsp. 526, 15.
Von tumber ougen blicke
wirt vil wîser man betrogen. Eracl. 1968.

WEISHEIT.

Sîn selbes sin er mêret,
der wîsheit gerne lêret. Freidank 78, 15.
So ist uns wizzenlich,
daz der man kunsten rich,
so her andere lüte leret,
daz sin kunst dar abe gemeret. Sachsensp. præf. 168.

---

[1]) MSH. II, 194[b].
[2]) Pfeiffer Germ. V. 287.
[3]) MSH. I, 207[b].
[4]) MSH. II, 251[b].

Wîsheit ist bezzer denn gewalt. Boner 16, 37.
Vergl.: Weisheit ist besser denn Harnisch. K. 8368.
Guot reiche witz ist sâlikait. Wolkenstein 22, 5, 12.

WEISS.

Allez daz man wîzez siht,
daz ist snê zallen zîten niht. W. Gast 941.
Vergl.: Es ist nicht alles Gold was glänzt. K. 2823.

WELT.

Ûf minne und ûf gewinne
stânt âl der werlde sinne. Freidank 55, 19.
Der welte prîs
zersmilzt als ein îs. Colm. 94, 36.
Diu werlt in allen dingen
hât wandel, jehent die wîsen. Labers 660, 1.
An dirr welt ist kein stætekeit:
waz hiut ist liep, dast morne leit. Boner 75, 49.
Diu welt diu hât kein stætekeit,
nâch vröiden kan si geben leit,
nâch rîchtuom gît si armuot. Boner 94, 71.
Die werlt ist böser listen vol. Ring 13c., 8.
Mit vergifte süeziu wort
diu gît diu werlt ze lône. Spervogel [1]).
Diu werlt gît uns alle tage
nâch kurzer vröude lange klage. Ebd. [2]).
Dîn lôn sûr, bitter unde scharf
ich vunden hân, werlt, an dem ende leider. Reim. Zw. 197 [3]).
Dîn lôn ist krank, du gîst den angel iemer nâch der süeze.
Br. Wernher [4]).
Der werlte lôn ist jâmers vol. Conr. v. Würzburg, Weltlohn 256.
Lâ die werlt, ir wont ein bitter ende bî. Marner [5])
Vrou Welt, ir gebet ze lône an dem ende jâmerlîchez leit.
Sonnenburg [6])

---

[1]) Pfeiffer 78.
[2]) Pfeiffer 86.
[3]) MSH. II, 213a.
[4]) MSH. II, 233a.
[5]) MSH. II, 243b.
[6]) MSH. III, 72a.

Ouch sint gewis, swie hôhe ich sî geprîset hân,
swel man ir besten lôn enphât,
daz sin zejungest an dem bœsten ende lât. Singenberg W. 246, 4.

Mir behaget diu werlt niht sô wol.
ir meiste liep ist herzeleit:
daz sî iu für wâr geseit;
ir süezer lôn ein bitter nôt,
ir lancleben ein gæher tôt. Ar. Heinr. 709.

Vergl.: Die Welt gibt bösen Lohn. S. 11535.
Wer der Welt am besten dient, dem lohnt sie am übelsten. S. 11536.

Die werlde wirt von tage ze tage
ie erger und wilder, daz ist mîn klage. Renner 6246.
Denne dise werlde ie swinder ie grimmer
leider wirt von tage ze tage. Renner 13567.
Wan sô diu werlde ie lenger stêt,
sô grôze unzuht ie verrer gêt. Renner 15374.
Diu welt diu wirt noch bœser vil, hœre ich die wîsen liute sagen. Sonnenburg [1]).
Je elter und ie erger wirt der werlte leben. Frauenlob Spr. 329. 3.
Jâ ist ez sô ie lenger sô ie bœser in der hristenheit. Neidhart 87, 7.

Vergl.: Getriuwe und êrbære
was diu welt bî alten tagen;
ditz ist ein altez mære,
ir habt ez oft hœren sagen:
nû ist diu tugent verswunden,
mit schanden lebt diu welt bî disen stunden.
Rabenschlacht 98.

WENDEN.

Swaz niemen mac erwenden,
die klage sol man enden. Mai 14, 21.

---

[1]) MSH. III, 72a.

Der dinge man sich getrœsten sol,
diu nieman erwenden kan. Mai 15, 8.
Ein man soll wegen ring,
was er nit wenden kan. Altschwert 254, 4.
Vergl.: Was man nicht kann ändern,
Das muss man lassen schlendern. S. 309.
Was du nicht ändern kannst, das nimm geduldig hin. S. 310.
Waz ân got nieman wenden kan,
daz sol man hin ze gotte lân. Boner 92, 71.
Was ich nit kan gewenden,
des sorgen ich nit wil,
ich will es schlahen von henden
und got das lassen enden. Hätzlerin 83b.

WERBEN.

Vil manic man erstirbet
dar nâch als er wirbet,
der niemer übele erstirbe,
ob er rehte würbe. Freidank 178, 2.
Swie ie die liute wurben,
si sorgeten unz si sturben. Freidank 155, 24.
Vergl.: Âne sorge nieman mac
geleben einen ganzen tac. Ebd. 58, 11.
Sieh: Verderben.

WERK.

Bœsiu werk, gebærde guot
triegent manges menschen muot. Boner 43, 89.
Des mannes werc erzeigent wol
wes man ime getrûwen sol. Freidank 123, 18.
Pöse werk machent pöses ent. Vintler 7301.
Sieh: Wort, Willen.

WETTER.

Man brüevet künftic weter an dem winde. Colm. 45, 13.
Vergl.: Das Wetter erkennt man an dem Wind S. 11578. K. 8520.
Sieh: Mantel.

WIESE.

Swelh wise ist gemeine,
der gras ist gerne kleine. Freidank 120, 27.

Vergl.: Wo die Wies' ist gemein,
Ist das Gras gern klein. K. 8550. S. 11603.

WILLEN.

Guot wille vor in allen gât,
der anders niht ze gebenne hât. Freidank 110, 27.
Und wizzet, daz ich immer wil
den willen vür diu werc hân. Iwein 4820.
Sô nemet willen für diu werc an. Lohengrin Str. 765, 7.

Vergl.: Guten Willen muss man für die That nehmen. K, 8568. Man muss den Willen für das Werk nehmen. S. 11614.

WIND.

Sich hebet manec grôzer wint,
des regene doch vil kleine sint. Freidank 123, 20.
Sich hebet manig grôzer wint,
des regne doch vil kleine sint.
nâch grôzem donre dik beschicht,
daz man gar kleinez wetter sicht. Boner 29, 19.

Vergl.: Grosser Wind bringt oft nur kleinen Regen. K. 8587. S. 11652.

Man sprichet: gip den winden brôt, ez hât gesnîet. Rûmelant [1]).

WISSEN.

Waz du niht weist, daz soltu eben frâgen. Colm. 128, 86.

WOGE.

Swer die ünde bouwet, der muoz mit ungemache genesen. Gudrun 287, 4.

WOHL.

Vil manegem wol geschiht, der daz niht kan gewegen. Frauenlob Spr. 119, 1.

---

[1]) MSH. III, 58a.

WOLF.

Innen wolf und ûzen schâf. Spervogel [1]).
Der ist gar als ein lemblîn ûzen,
doch mac ein wölflîn dâ wol lûzen. Renner 385.
Jedoch steckit in der schâfînen hiute
daz wulvîne herze. Antichrist. 111, 34.

Vergl.: Oft ist eines Wolfes Herz bedeckt mit Schaffellen. S. 11888 u. H. Zeitschr. XII, 219.

Sô der wolf mûsen gât
und der valke keveren vât
und der künec bürge machet,
so ist ir êre geswachet. Freidank 73, 16.
Swâ der wolf ze hirte wirt,
dâ mite sint diu schâf verirt. Freidank 137, 11.

Vergl.: Wo der Wolf wird der Hirt,
Da sind die Schafe verirrt. S. 11785.
Wo der Wolf weidet die Heerd,
Sind die Schäflein bald verzehrt. S. 11786.

Swer den wolf nimt ze râtgeben,
daz gât den schâfen an daz leben. Freidank 137, 13.
Daz mac sîn ein heilic zît,
so der wolf den schâfen fride gît. Freidank 137, 17.

Vergl.: H. Zeitschr. XII, 215.

Swie dicke ein wolf gemünchet wirt,
diu schâf er drumbe niht verbirt. Freidank 137, 19.
Ein wolf sîne sünde flôch,
in ein klôster er sich zôch,
er wolde geistlîchen leben.
dô hiez man in der schâfe pflegen:
sît wart er unstæte.
dô beiz er schâf unde swîn:
er jach daz ez des pfaffen rüde tæte. Spervogel [2]).

Vergl.: Wenn der Wolf psalmodirt, gelüstet ihn der Schafe. S. 11790 u. H. Zeitschr. XII, 216.

---

[1]) Pfeiffer p. 79. [2]) MSF. 27, 27.

Ein wolf was siech; do er genas,
er was ein wolf als er ê was. Freidank 137, 20^{ab.}
Sieh: Genesen. —

Swer den wolf ze hûse ladet, der nimt sîn schaden. Spervogel [1]).

Ledestû den wolf heim ze hûs,
er enkommet nit ân schaden darûz. Morolf II, 479.

Swer den wolf ze hûse ladet,
der merke daz ez ime schadet. Liedersaal 163, 1.

Und trüege ein wolf von zobel ein hût
nâch künne er lîhte tæte. MSF. 244, 59.

Ouch tuot nâch sîme künne der wolf. Meissner [2]).

Der wolf hât die natûre an sich, nâch roube er strebet. Boppe [3])

Vergl.: Slüffe ein schalc in zobeles balc,
dennoch wære er drinne ein schalc. Freidank 49, 19 u. H. Zeitschr. XII, 217.

Waz sol ein wolf ze kôre? Boppe [4]).

Sô man den wolf nennet,
sô er zuo drenget. Wackernagel Lb. 835, 17.

Ich schwig, der wolff ist mir nit verr. Narrensch. 111, 61.

Vergl.: Wenn man den Wolf nennt,
So kommt er gerennt. K. 8686. S. 11806.
Wenn man vom Wolf spricht, ist er nicht weit. S. 11804. Wenn man vom Wolfe redet, guckt er über die Hecke. S. 11805. H. Zeitschr. XII, 214. Narrenschiff Com. 468^{b.}

Man sprichet: swen der wolf rach,
der ist wol gerochen. Türheim Willehalm pf. HS. 152^{a.}

Als daz alte sprichwort sprichet:
swen der wolf richet,
der ist errochen alsô wol,
daz manz niht fürbaz rechen sol. Klage [5]).

---

[1]) MSF. 23, 21.
[2]) MSH. III. 88^{a.}
[3]) MSH. II, 384^{a.} III. 88^{a.}
[4]) MSH. II, 384^{b.}
[5]) Volmer 327, 15. Holtzmann p. 66.

Ich wolt, das es ain ander ræche,
wann den der wolf richet, der ist gerochen. M. Falkner 132, 6.

Vergl.: Wen der Wolf rächt, ist wohl gerochen. S. 11800[a] H. Zeitschr. XII, 218.

Ein man sol mit den liuten wesen,
mit wolven niemen kan genesen. Freidank 135, 12.
Waz der wolf mag begân,
daz dunket die wolfin wol getân. Morolf II, 429.
Swâ ich erkenne den wolves zant
in mînes vriundes munde,
dâ wil ich hüeten mîner hant,
daz er mich iht verwunde. Spervogel [1]).
Swâ ich weiz des wolves zant,
dâ wil ich hüeten mîner hant,
daz er mich iht verwunde;
sîn bîzen swirt von grunde. Freidank 137, 23.

Zu den vielen von W. Grimm mitgetheilten Stellen (H. Zeitschr. XII, 224 ff.), in denen Wolfszahn sprichwörtlich vorkommt, ist noch nachzutragen:

Daz kint den sînen wolves zan enblecket
gein sînem vater der ez dicke lieplîch hât getriutet. Colm. 19, 24.
Möht ich mich anders niht ernern,
ich wolte mich mit wolven wern. Freidank 135, 13[a]
Kûm sich vor dem wolve ernert,
der sich der wülpen niht enwert. Buch d. Rügen 1599.
Von schulden ist der wolf sô grâ,
wan swaz er in der werlde tuot,
ez sî übel oder guot,
daz hât man ime doch vür arc. Krone 2762.
Træges wolves munde
geschiht von spîse selten guot. Wigalois 77, 21.

Vergl.: Ein Wolf im Schlaf
Fing nie ein Schaf. K. 8682. S. 11781.

---

[1]) Pfeiffer p. 77.

Trägen Wolfes Mund kriegt selten fette Bissen. K. 8684.
Dem schlafenden Wolf läuft kein Schaf ins Maul. S. 11780.

Sô der wolf inz alter kumt, sô rîtet in diu krâ. Neidhart 96, 2.

Alten wolf den rîten krân. Liedersaal 211, 51.

Wann der wolf altet, so reiten in die krehen. Gruter floril, I, 72.

Vergl.: Wenn der wolf alt wird, reiten ihn die Krähen. K. 8697. S. 11816.

Swer noch wolves triuwe hât,
den sol man schiuhen, dast mîn rât. Wolf u. Sohn [1]).

Vergl. H. Zeitschr. XII, 218.

Swaz dem wolf komt in die kel,
daz ist allez gar verlorn. Wolf u. Kranich [2]).

WOLLE.

Ir enruochet wer diu schâfe schirt,
daz ot iu diu wolle wirt. Buch d. Rügen 315.

Geschreies vil und lützel wolle gap ein sû. Colm. 14, 26.

Vil geschrey, wenig Woll, sprach der teuffel,
beschor er ein saw. Nas p. 71.

WOLLEN.

Swaz iu sî liep, daz man iu tuo,
daz tuot ouch ir, daz hœrt dar zuo. Freidank 121, 8.

Waz du wilt, daz man gên dir
tuo, daz tuo du gegen mir. Boner 37, 57.

Swaz du niht wil daz dir geschiht,
des entuo dem andern niht. Buch d. Rügen 265.

WORT.

Mit witzen sprechen, daz ist sin:
daz wort enkumt niht wider in. Freidank 80, 12.

Ê daz diu rede entrinne dir
ze gæhes ûz dem munde dîn

---

1) Reinhard p. 327. 2) Reinhart p. 348.

besnît si wol ûf den gewin,
daz si den wîsen wol behage.
daz wort mac niht hinwider in
und ist doch schiere für den munt. Winsbeke 25, 3.
Ein wort daz ein mâl kumt herûz, daz enmac în niht komen wider. Colm. 20, 12.
Is iz dir lichte vntsprungen;
ez ga dan zu schaden odir zu frumin
daz wort in mac nummer wider kumin. Elmendorf 708 [1]).
Vergl.: Wenn das Wort heraus ist, gehörts einem andern. K. 8760. S. 11897.
Ein cleinez wort ist schiere geschehen, daz mangen macht unwert. Colm. 103, 32.
Vil lützel helfent schœniu wort,
sô mir der werke niht entuon. Spervogel [2]).
Schœniu wort enhelfent niht,
sô man der werke niht ensiht. Freidank 123, 16.
Vergl.: Schöne Worte helfen nicht,
Wo das Werk nicht kommt ans Licht. S. 11857.
Wâ wort und werk sint ungelîch,
der mensch wirt kûm an êren rîch. Boner 6, 37.
Wîsiu wort und tumbiu werc
habent die von Gouchesberc. Freidank 82, 7.
Wîsiu wort und tumbiu werc
trîbent die von Gouchesberc. Boner 63, 51.
Ob daz nû got gefüeget hât,
daz ich der werlde missetât
unt daz lob erkenne:
missetuon ich selbe denne
sô volge ich den von Affenberc,
der wort sint wîse, tump ir werc. Docen. Misc. II, 187.
Senfte wort brechent zorn. Morolf II, 419.
Süeziu wort benement grôze swære. Rabenschl. Str. 121.
Vergl.: Ein tröstlich Wort ist des Gemüths Speise. K. 8734. S. 11879.

---

[1]) H. Zeitschr. 4, 304. [2]) Pfeiffer 84.

Süße wort machent frewnt
vnd stillent die grôssen veint. Vintler 8845.

Vergl.: Ein gut Wort richtet wohl mehr aus, als ein Fähnlein Lanzknechte. K. 8732. S. 11866.

Den worten gênt diu werk ie vor. Wartburgkrieg Str. 175, 11 [1]).

Vnsawbre wort wuesten guet sitt. Vintler 8994.

WUNDE.

Diu wunde nimmer heil wirt,
die wîle daz îsen drinne swirt. Renner 14214.

WÜNSCHEN.

Von wünschen wirt man selten rîch. Colm. 22, 37.

Vergl.: Von Wünschen ward noch niemand reich. S. 11917.

ZAG.

Diu welt ein altez sprichwort hât:
ez würde nie eins zagen rât. Teichner 31 [2]).

Eins zagen wirt ouch nimer rât. Helbling VII, 300.

Vergl.: Zage haben kein Glück. K. 8818. S. 11954.

Swer mit zagheit wirbet,
vil dicke er verdirbet. Krone 10722.

Wir han daz selden gesehen,
daz der bose und der zage,
queme zû strite oder zû slage. Herbort 8980.

Den frumen hazzent ie die zagen. Lanzelet 7.

ZAUM.

Ein guldin zoim der machit ein phert
niht bezzer danne ez vor was. Ritterspiegel 2053.

Vergl.: Goldner Zaum machts Pferd nicht besser. K. 8839. S. 11983.

ZEIT.

Diu zît hât sich verwandelt gar:
ie lange lenger bœsent diu jâr. Wigalois 262, 1.

---

[1]) Simrock. [2]) Denkschr. VI, 107.

Lât iu die zît gevallen wol,
sît noch ein bœser komen sol. Freidank 114, 1.
Des stêt ez hiwer wirser denne vert. Renner 5946.
Siehe Welt.
Mit keiner slahte stiure
verlorne zît ich wider bejage. Colm. 116, 29.
In rehter zît ein man in were
ist bezzer dann zunzît ein here. Colm. 164, 37.

ZIEGEL.

Den ziegel und den bœsen man
nieman volle waschen kan. Freidank 88, 15.
Swer den rûhen ziegel tweht,
der siht ie lenger dicker hor. Krone 22.
Wer wascht den ziegel, daz er sîn rœte lâ.
sol ez im allez wol ergân, er teilet ende wellet. Priamel [1]).
Vergl.: Die Ziegel waschen. Dem Ziegelstein die Röth abwaschen. K. 8816. S. 12103.

ZIEL.

Ein ieglîch man hât êren vil
der rehte in sîner mâze lebet
und übermizzet niht sîn zil. Winsbeke 41, 5.
Sieh Mass.

ZORN.

Zorn ist gên allen witzen blint. Renner 13984.
Des mannes witze ein ende hât,
swenne in grôzer zorn bestât. Freidank 64, 16.
Zorn verirret den muot,
daz ein man niht weiz waz er tuot. Cato 263.
Vergl.: Zorn ist kurze Unsinnigkeit. K. 8938. Zorn macht verworren. S. 12135. Der Zornige hat alle Sinne bei sich bis auf fünf. S. 12146.
Swer in zorne ist wol gezogen,
dâ hât tugent untugent betrogen. Freidank 64, 18.

---

[1]) Pfeiffer's Germania V, 44.

Erst tump der richet sînen zorn,
dâ von er selbe wirt verlorn. Freidank 64, 22.
Swâ zorn sînen sporn rüeret,
ungedult daz panier füeret. Renner 14046.
Von zorn grôz vriuntschaft wirt verlorn. Boner 41, 70.
Zorn ist aller sünden tür. Boner 41, 71.

ZU.

Swes ist ze lützel oder ze vil,
newederz ich dâ loben wil. Freidank 61, 19.
Ze vil an allen dingen tuot
bruch an dem lobe; sus sagent die wîsen alten. Reim. Zw. 123 [1]).
Wan wes zu wenig ist und zu vel,
die zwei sint lastir ouch beide. Ritterspiegel 1871.
Vergl.: Zuviel hat keine Ehre. S. 12217. K. 8965.
Zu wenig und viel ist ungesund,
hab ich offt hören sagen. Ambras. Liederbuch 120, 12.
Vor ze wenich und ze vil
die gsunthait masse haben wil. Ring 26d., 19.
Vergl.: Zu viel ist ungesund. S. 12206.
Er übergiht, swer wil ze vil. Heinzelin Ml. 105.
Er ist sîn selbes meister niht
swer sîn alze vil getuot. v. Eist [2])
Und ist vil lützel iht sô guot,
ezn swâche, ders ze vil getuot. Tristan 48, 19.
Vergl.: Nu seht, swie guot ein dinc sî,
dâ sol doch mâze wesen bî. W. Gast 10383.
Ze vil wüstet alle spil. Vintler 9919.
Ze wenig und ze vil
das selb wüstet alle spil. Vintler 6434.
Vergl.: Zu viel verderbt gut Spil. S. 12210. K. 8970.

ZUCHT.

Sô wizzet ouch ein dinc vür wâr,
daz âne zuht nieman wart tugende rîche. Hardegger [3]).

---

[1]) MSH. II, 199a.
[2]) MSF. 34, 1.
[3]) MSH. II, 134a.

Ez ist ein alt gesprochen wort:
zuht zieret manegen man,
gewalte heizt in her für gân. Cato p. 130.
Zuht êret wol den alten unt den jungen. Br. Wernher [1]).
Zuht êrt ûf erde alzît man unde frouwen. Colm. 72, 61.
Zuht zieret frouwen unde man. Renner 6367.
Ze kirche, obe dem tische und an dem tanze
und in dem bade zuht zieret wol ze kranze,
zuht zieret umbe und umbe wol, noch baz an den vier enden.
Colm. 40, 1.

Vergl.: Wo keine Zucht, ist keine Ehre. K. 8976. S. 12166.

Zuht unde mâz swer diu zwei kan behalten
biz an sîn ende, er mac in freuden alten. Colm. 40, 25.
Zuht ist bei freuden guot. Lichtenstein 225, 12.
Zuht decket dicke swachen grunt,
daz ist vil manegem wîsen kunt. Frauenlob Spr. 217, 6.

ZUNGE.

Daz ergste lit, daz iemen treit,
daz ist diu zunge, sô man seit. Freidank 164, 3. Boner 17, 25.
Daz bœste vleisch, daz ie getruoc
wolf oder hunt in sînem munde, daz was bœse genuoc:
des bœsen menschen zunge ist bœser vil. Reimar Zw. [2]).
Diu werlt nie bœser vleisch gewan. Ebendort.
Die zunge diu enhât kein bein
und brichet doch bein und stein. Freidank 164, 17.
Die zunge die sticht, die zunge die bricht
beide stal vnd daz ysen. Muskatblut 79, 41.

Vergl.: Eine Zunge ist kein Bein,
Schlägt aber Manchem den Rücken ein. S. 12192.

Diu zunge snît baz dan daz swert. Krone 3963.
Dyne zunge die snydet durch das ferch die lenge vnd twerch.
Muskatblut 79, 13.

---

[1]) MSH. II, 228b. [2]) MSH. II, 164a.

Vergl.: Böse Zungen schneiden schärfer denn Schwerter.
K. 8987. S. 12189.

Diu zunge uns grôzen schaden birt. Colm. 93, 40.
Diu zunge reht verkêret. Freidank 165, 4.
Die valschen zungen hânt daz reht,
si machent krump, daz ê was slecht. Boner 7, 47.
Für schande wart nie bezzer list,
dan der der zungen meister ist. Freidank 165, 9.
Ze êren wart nie bezzer list,
denn der sîner zungen meister ist. Boner 17, 35.

Vergl.: Vor Schande war nie bessre List,
Als wer der Zunge Meister ist. S. 12186.

Ich wen es sey dy pesst tugent,
dy zungen stillen in der jugent. Cato p. 79.
Der mit der zungen schaden tuot,
vor dem ist kûm ieman behuot. Boner 3, 53.
Lîht zunge meldet manic pfat,
wâ cluoger man vil heimlîch gât. Colm. 22, 17.
Lîhtzungic munt, hirzîner zagel, diu zwei lânt tôren rîten.
Colm. 22, 19.
Manic zunge sprichet süeziu wort, dâ doch der angel stichet
dar. Br. Wernher [1]).
Her is wis der di zungen midet,
di vor salbit vnd nach snidet,
vil suze ist ire gecose,
daz ende wirt dicke bose. Elmendorf 139 [2]).
— was nie geschach
daz duot die zunge swatzen.
recht als eyn wib die yren lib
hie gen mir bleckt, mich forne leckt
und duot mich hinden kratzen. Muskatblut 79, 33.
Diu übele zunge scheiden kan
liebez wîp und lieben man. Freidank 165, 15.
Diu bœse zunge scheiden kan
liebez wîp und lieben man. Boner 17, 37.

[1]) MSH. II, 228b. [2]) H. Zeitschr. IV, 288.

Zwô zungen stânt unebne in einem munde. Walther W. 39, 21. L. 13, 4.

Arger ist zweier zungen munt
und bœser denn ein vûler hunt. Boner 91, 71.

Vergl.: Zwo Zungen stehen übel in einem Munde. S. 12194.

ZWEI.

Zwêne sint eines her. Iwein 6636.

Diu liute habent sich joch dar an,
daz zwêne sîn eines her. Iwein 4328.

Wan zwên sint immer eines her. Iwein 5350.

Duo sunt exercitus uni. Reinhart XCII. —

Vergl.: Zweie sind eines Herr; dreie fressen gar. K. 9006. S. 12231.

Swer zwei werc mit einander tuot,
diu werdent beidiu selten guot. Freidank 115, 10.

Swer zwêne wege welle gân,
der muoz lange schenkel hân. Freidank 129, 23.

Wer zwên weg wil gân,
der muoz zwei langiu bein hân. Diutisca I, 325.

Wer sich zwaier weg wil fleißen,
der muß die pruch oder arsloch zureißen. Fastnachtsp. 528, 13.

Der vocht zwen hasen vff ein mol,
wer meynt zweyn herren dienen wol. Narrenschiff 17, 35.

Siehe: Herr.

ZWEIFEL.

Zwîvel bûwet selten wol,
des ist manc acker distel vol. Freidank 135, 20.

Zwîvel bûwet selten hûs ûf starke siule guot,
zwîvellîche wende zwîvel bûwet und zwîvellîchez dach. Reim. Zw. 173 [1]).

---

[1]) MSH. II, 208b.

Vil michil volc ze schanden gât
sô sie der zwîvel bestât. Kaiserchronik 429 [1]).

Vergl.: Wer zweifelt, erlangt nichts. K. 9013.

ZWEIG.

Dürrez zwîc treit dürren stam. Renner 12501.

Vnd kumbt gar kum vff gruenen zwig. Narrenschiff 83, 9.

Vergl.: K. 9014.

---

[1]) Massmann.

Nachlese.

Als der Druck vorliegender Sammlung schon begonnen hatte, kamen mir erst die Meisterlieder der Kolmarer Handschrift, herausgegeben von Bartsch, Hadamars von Labers Jagd und der Ring von Heinrich Wittenweiler in die Hände. Um die Lese möglichst vollständig zu machen, lasse ich die in diesen Werken vorkommenden Sprichwörter, die ich wegen vorgeschrittenen Druckes nicht mehr dem Manuscripte einreihen konnte, mit einigen anderen später aufgefundenen hier nachträglich folgen.

ABT.

Doch haben die alten wâr gesait:
wenne der abt die würffel trait,
sô spilent die münich alle gern. Vintler 8964.
Wenn der appt die würffel leydt,
so sint die münch zum spiel bereit. Narrenschiff 49, 9.
Ludere fas monachi reputant sibi, quando reponit
abbas taxillos: alea jacta placet. Narrensch. Com. 385[b.]

Vergl.: Wo der Abt die Würfel legt, da dobbeln die Mönche. S. 37 u. 38.

ADAM.

Von Adam sîn wir alle bekomen, swie man sich edel stellet.
Colm. 29, 57.

Sein seu nicht als wol, sam wir,
Adams kinder. Ring 44[a.], 18.

ADEL.

Got selbe spricht: swer tugende pfligt, den sol man edel nennen.
eins kunges kint ist edel niht, daz sich untugende flîzet.
Colm. 148, 11.

AFTERREUE.

Bœs ist afterriuwe. Labers 623, 7.

ALLES.

Wer allez wil ûzrichten,
der mag mit fuogen nimmer werden grîse. Labers 43, 6.
Der alleu dink dergrunden wil,
der siert sich selb und schafft nit vil. Ring 23c., 6.
Und solt ein man gevallen allen
liuten alzît wol,
sich, sô müest er gelückes vol
gar wirdic sîn durchliuhte. Colm. 107, 13.
Neman den lüten allen
zu danke levete noch ne sprach. Sachsenspiegel praef. 54.
Allen lüten ich nekan
zu danke sprechen nochne sol. Ebd. 65.
Ich wêne daz die werlt wil
unlange in dem loufe gân,
wan allez dinc mûz ende hân. Erlösung 6106.

ALT.

Wisst ir nicht, daz alter hât
für die andern weisen rât? Ring 19c., 43.
Daz sprüchwort ist mir oft gesait:
alter part hât weishait.
darzuo pin ich worden innen:
junges hirn phligt cluoger sinnen. Ring 19d., 35.
Alter part der hât die witz,
nüwer palg der hât die hitz. Ring 55a., 8.
Wisst, es ist ein schand
ze lernen einen greysen part
syben und sibenczig jâren alt;

doch ist böser wann ein man
pey alten zeiten nicht enkan
und im auch lernen nicht enwil,
des hât er schand und lasters vil. Ring 20$^{c.}$, 38.

ANTWORT.

Swer aller rede antwürte gît, ist niht ein wîser man. Colm. 103, 41.

Vergl.: Es gehört nicht auf alle Fragen Antwort. S. 370.

Süsse antwurt pringt süsse wort
und pricht den zorn an allem ort. Vintler 8840.

Vergl.: Gute Antwort bricht den Zorn. S. 371.

ARM.

Armüete scheidet dicke mâge,
swie nâhe daz sie sîn geborn. Colm. 104, 26.

In aremmannes herze verdirbet wîsheit vil. Colm. 104, 31.

Armmannes witze ist gar verlorn
und huote an reinen wîben. Colm. 121, 9.

Ach armuot daz dîn ie ûf erden wart erdâht!
du hâst mich brâht
umb alle mîne witze,
daz ich niht tar gesitzen
dâ die rîchen liute sint. Colm. 169, 1.

Nicht ze arm und nicht ze reich.
grôsseu armût siert in sêr,
sô saumpt in reichtuom dannoch mêr. Ring 24$^{d.}$, 20.

Man spricht noch hiut: der êren armuot wirt guot rât. Colm. 125, 4.

Mich müejet armes menschen hôchvart, wan si enist niht wîs. Colm. 94, 35.

Dinis armutes in saltu dich nicht missetrosten,
di habe volget dicke den bosten. Elmendorf 1075 [1]).

ARZT.

Ein siecher arzt und leider gast, arm mannes wîssage ist unwert. Colm. 94, 25.

---

[1]) H. Zeitschr. 4, 314.

AUGE.

Waisst nicht noch, daz ich dâ waiss,
dein selbers aug daz vich macht faiss. Ring 32a., 28.

Vergl.: Der Herrn Auge füttert das Pferd wohl. S. 4613. K. 3472.

BÄR.

Der wurm laut prummet als ein per. Dietrichs Ausfahrt 626, 4.

Vor zorn er prummet als ein per. Ebd. 747, 1.

Als ein grimmer ber er bram. Herbort. 2990.

In sime huse si her frolich
nicht also ein bere her brimme. Ritterspiegel 1990.

BAUCH.

Auf vollem pauch stêt fröleichs haubt. Ring 37a., 16.

BAUER.

Seu möchten vor gewisset haben,
daz ein gepaur vil selten tät,
wes man in mit züchten pät,
dem daz haubet grôsset gar,
sô man in gebitten gtar,
Und tuot allaine, daz er muos. Ring 47c., 39.

BLIND.

Swâ blinder man
füert rehte ban,
dem gibe ich lobes mâze. Colm. 153, 54.

BLUME.

Man sicht ab ainer pluomen
die binen nemen honig und gift die spinnen. M. Falkner 134, 6.

BOGEN.

Wann der pogen stât gespannen
ze aller zeit, so wird er lamen. Vintler 7074.

BÖS.

Bœs klaffet bœs, so kan guotz guot besinnen. M. Falkner 134, 5.

Bôshait lêrt sich selber wol. Ring 56b., 40.

BÜSSEN.

Man büezt domit, mit dem man sündet. Labers 544, 7.

DEMUTH.

Dêmüetikeit und armuot in gedulde
diu zwei hânt alle zît die gotes hulde. Colm. 50, 49.

DIENER.

Wer die diener füret hin,
der fürt den herren sampt mit im. Ring 49d., 16.

DIENST.

In snœder herren dienest wirt man lîhte grâ,
wirt aber ieman sorgen buoz dâvon, daz siht man selten.
Colm. 39, 12.

DORN.

Von cleinem dorn wirt dicke zwâr
ein starker lîp versêret. Colm. 121, 39.

DREI.

Drey sein alweg eines herren. Ring 36b., 13.
Sieh: Zwei.

DRECK.

Ouch ist reht daz der mist,
stinke swâ er ist. Iwein 207.
Was sol ein dreck wann er nit stinckt? Narrensch. 67, 77.

EHRE.

Êr mich, sô êre ich dich. Colm. 80, 28.
Bezzer ist mit êrn verstriben,
dan mit schanden hie beliben. Gut. Frau 675.

Won besser ist nôch weiser lêr
frisleich sterben umb die êr
dann mit schanden leben. Ring 41^d., 22.

EIS.

Ist ein man auf hailem eis,
der gê vil gmach, sô ist er weis. Ring 46^d., 37.

EISEN.

Fundatur ferrum, dum novus ignis inest. Reinardus 1, 402 [1]).

ELEND.

Ellende lêrt behendekeit
und frömde kunst, der man sô dicke geniuzet. Colm. 144, 33.

ENDE.

Man sal daz ende prufen mit rechter list. Elmendorf 108.
Allez dinc mûz ende hân. Erlösung 6106.

ESEL.

Ein man mac sich wol selben touben
der ein esel wil herpfen lêren
und so getân liute bekêren. Renner 22547.
Die snüere müezen brechen wol,
swâ der esel klenket gîgen dœne. MSH. III, 452^a.
Vergl.: Narrenschiff. Com. 416^a.

FEIND.

Won ein spruchwort alsô spricht:
vor alter veinten süssen botten
und vor fischen zwir gesotten
hüte dich ân alles spotten. Ring 57^b., 42.
Veint mit veinten temmen schol
ein man, der sich wil rechen wol. Ring 48^a., 35.

FEUER.

Wer sich gerne zu dem fewer mengt,
der selb wirt gerne besengt. Vintler 7349.

---

[1]) Reinhart XCII

FINDEN.

Man vand ie bös und guote. M. Falkner 90, 2.

FISCHE.

Ich bin so tumb des muotes,
daz ich gar ferre vische vor dem bêrn. M. Falkner 176, 3.
Lieber kneht, mir ist leit,
daz dû vischest vor dem bêr. Helbling II, 548.
Ir râtmezzer gar âne sin,
sam der vischet vor dem bêr. Helbling IV, 76.

FRAU.

Frawen trew der ist nicht vil. Ring 14[b], 19.
Die frawen sind nicht âne list. Ring 19[d], 40.
Dô hiet Mäczel langes hâr
und churczen muot, jâ daz ist wâr, Ring 11[b], 20.
Den frawen ist der ars ze prayt,
daz hercz ze smal, daz ist gesayt. Ring 14[b], 14.
Vergl.: Narrenschiff. Com. 322[b]

FREUND.

Den freund man in den nôten mag
versuochen bas, dann ander tag. Ring 45[d], 26.
Getriuwem vriunde ist nütze bî. Gut. Frau 65.

FRIEDE.

Wô nicht frid ist in dem haus,
dâ hât man got vertriben aus. Ring 29[b], 23.

GALLE.

Die minn ward ir gevallen,
die hönich gemacht aus gallen
vnd dar nâch aus dem hönich gpirt
gallen, die ze pitter wirt. Ring 14[a], 27.

GAUCH.

Wolt got es wer zu erkennen
des feihen schmeichlers red anfang
recht wie der gauch ann seim gesang. Morszheim 134.

GEBEN.

Geist du schier, sô geist du zwier. Ring 29b., 15.
Der allir meist gibt in di hant,
der machit von einem svanen ein raben. Elmendorf 554.

GELD.

Dann ytz vntrew vnd falsches gelt
regiren alle stend der welt. Morszheim 93.

GELTEN.

Swer gerne giltet, daz ist guot. Iwein 7147.

GENUG.

Won der weis gesprochen hât:
niemant ist im selber genuog
in seiner sach mit rechtem fuog. Ring 23a., 12.
Nâch der weisen lêrer sag
kainem man gebresten mag,
der sich benügt, die weil er wert,
des, dâ die sein nataur begert. Ring 19a., 36.

GESCHEHEN.

Uns mac niht geschehen
wan daz uns geschehen sol. Gut. Frau 858.

GLÜCK.

Dem daz gelük nicht guotes gan,
der muoss verliesen über nacht
künges hort und kaisers macht. Ring 37c., 12.

GOTT.

Gotes wille ie geschach. Livl. Chr. 10312.
Ein anvanch aller wiczen ist
gottes forcht mit sälger list. Ring 24c., 15.

GROSS.

Grôsseu stat wil weites tor. Ring 23c., 23.
ze grôssen dingen scholt dich piegen,
won chain adler vâhet fliegen. Ring 30a., 25.

GUT.

Swer guot wil hân, der üebe sich. Colm. 22, 36.
Swaz guot gewinnet, daz ist wert. Engelhart 126.

HAUPT.

Haubt gen haubt und fuoß gen fuoß,
sich daz ist die rechtisch puoß. Ring 29a., 2.
Jedes haubt daz wil seinn huot,
iegleich haus daz wil sein feur. Ring 32c., 16.

HAUS.

Aigen haus und aigen chind
machend grosseu mü ze wind
und klaineu fröd ze paradeys. Ring 21c., 5.

HEBEN.

Nâch der sterki hebe den tramen,
nâch dem ertreich sai den samen. Ring 28d., 5.

HELFEN.

Waist nicht, daz man spricht gemain:
hilf dir selb, sô hilft dir got? Ring 31b., 35.

HERR.

Niemant zwain hern gedienen mag
schôn und eben nacht und tag. Ring 20a., 8.
Sô hört ich pei der ersten sag:
niemant zwain gedienen mag. Ring 21d., 1.

HEUTE.

Tâlanc arm, morne rîch. Livl. Chron. 2682.
Wer heut lebt, der stirbet morn. Ring 57d., 7.
Vält es mir heut, es trifft leicht morn. Ring 12b., 22.

HOCH.

Der ze hôch im stîgen wil,
der fleugt inn graben ze dem zil. Ring 11d., 21.

Der sich höcht, der kumet nider
und der sich nidert, der gêt wider. Ring 30[d.], 27.
Der ist eyn narr der stiget hoch,
do mitt man saech syn schand vnd schmach. Narrensch. 37, 1.

HUND.

Die grôzen hunde bîzent niht
cleine hunde, sô man giht. Martina 291, 55.
Sô habt es wol gesehen vor,
daz ieder hund auf seinem mist
für ander drey geherzer ist. Ring 40[d.], 20.
Man spricht: hunt weiß heren willen wol. Morszheim 947.
Ein ansprach prechen sie vom zawn,
der fromm muß leder gessen han
so lang bis er kumpt aus dem rat. Morszheim 497.
Tardum est annosos discere vincla canes. Reinardus 3, 728 [1]).
Er tůt recht als ein adel hunt,
sô dem daz wazzer gêt in munt,
sô hebt er an und swimmet. Dietrichs Ausfahrt 226, 4.

HUTH.

Alliu huote ist ein wicht,
wil uns got behüeten nicht. Livl. Chron. 10257.

JUGEND.

Swer sich verlît in sîner jugent,
daz schadet dem alter sêre an tugent. Gut. Frau 470.
— Wer gerne hât gemach,
der versuochet selten frömdez obedach:
wer aber in dem alter wil mit gemache leben,
der muoz in sîner jugent nâch dem hûsrâte streben. Wolfdietrich I, 311, 1. — [2])

JUNGFRAU.

Alteu junchfraw ist ein gift
nieman haus, sam man dâ spricht. Ring 23[d.], 16.

---

[1]) Reinhart XCIII. [2]) Heldenbuch H. I, 111.

KIND.

Ze liebem kinde
gehœrent beseme grôze. Labers 253, 1.
Mit gerten schol man kinder strâfen. Ring 53, 13.
Wan man oft des kindes schand
zelt dem vatter in die hand. Ring 31a., 3.
Wê dem lande, daz ein kind
haben muoß ze einem herren. Ring 45b., 40.

LIEBE.

Die Minne manchen wunder lêrt. Dietr. Ausfahrt 829, 13.
Minn man und frawen meistern kan,
den jungen und den alten gleich. Ebd. 830, 11.

MANN.

Alse in got geboten hât,
daz bêde man unde wîp
sîn als ein lîp. Kaiserchronik 9552.

ROTH.

Hute dich vor dem rotin gesellen. Elmendorf 730.

RUHE.

Mit ruowe erwirbet nieman êre noch künicrîch. Wolfdietrich I, 407, 4. [1])

TAG.

Vespere laudari debet amœna dies. Reinardus 2, 596. [2])

THOR.

Heizt dû mich tôr, sô sprich ich zuo dir gouch. Colm. 80, 32.

THUN.

Tuo dem freunt und jedem man,
das du von im begerest hân. Ring 29c., 23.

---

[1]) Heldenbuch H. I, 124. [2]) Reinhart XCII.

TRAUEN.

Doch scholt du getrawen swach
einem in vil grôsser sach,
hâst du noch nicht mit im gessen
ein vierding salz wol aufgemessen. Ring 29d., 9.

ÜBERMUTH.

Ubirmuot ist sô getân,
die geschendet ie den man. Kaiserchronik 11359.

VERBORGEN.

Nû hœre ich die wîsen sagen,
daz niemen lange müge tragen
einen muot verborgen
mit freuden noch mit sorgen. Gerhart 277.

VERDERBEN.

Vil ofte ein dinc verdirbet,
daz man niht enwirbet. Frauenlist 133. [1]

VOGEL.

Welher vogel ze vrüeje vliuget ûz dem neste sîn,
dem mac wol misselingen. Wolfdietrich I, 408, 3. [2]

WENDEN.

Daz in der welte nieman wider bringen kan,
er sprach: liebe frouwe, daz sol man varen lân. Hugdietrich 199, 1. [3]

[1] HGA. II, 91.
[2] Heldenbuch H. I, 125.
[3] Ebendort I, 191.

CPSIA information can be obtained
at www.ICGtesting.com
Printed in the USA
LVHW101349160422
716387LV00003B/246

9 783752 597370